André Marx
Boris Pfeiffer

Das wilde Pack

und der geheime Fluss

Band 3

Illustrationen von Sebastian Meyer

KOSMOS

1. Kapitel

Es war ein ganz normaler Tag auf dem Spielplatz. In dem engen Viereck zwischen den riesigen Hochhäusern tobten einige Kinder in einer Kletterburg. Im Sandkasten daneben schaufelten sich zwei kleinere gegenseitig Sand in den Mund. Und auf einer Bank saß eine Mutter und blätterte in einer Zeitschrift. Keiner von ihnen sah nach oben.

Sonst hätten sie vielleicht, wenn sie genau hingeschaut hätten, vier seltsame Gestalten entdeckt, die sehr hoch über ihnen auf der Dachkante eines der Hochhäuser saßen. Ein junger Wolf mit grauem Fell, ein riesenhafter Gorilla und zwei weiße Papageien, die dem Gorilla eng aneinandergeschmiegt auf der Schulter hockten.

»Da wären wir«, sagte Hamlet, der Wolf.

»Du meinst, das hier ist ein guter Ort, um die Menschen zu fragen?«, wollte der Gorilla Barnabas wissen.

»Ja, denn von hier können wir jederzeit schnell verschwinden.« Hamlet blickte in den wolkenverhangenen Himmel, der von Minute zu Minute dunkler wurde. Dann wandte er sich an Kaka und Du, die beiden Papageien. »Aber es fängt bald wieder an zu regnen. Dann rennen die Menschen in ihre Häuser. Sie sind noch wasserscheuer als Katzen. Ihr müsst euch also beeilen.«

»Ich bin bereit, wenn du es bist, meine Liebe«, krächzte Du an Kaka gewandt. Kaka rieb ihren Schnabel über Dus Brustfedern und nickte ihm mit schiefgelegtem Kopf zu.

»Seid vorsichtig«, meinte Hamlet. »Vielleicht denken sich die Menschen überhaupt nichts dabei, wenn sie von zwei weißen Kakadus angesprochen werden. Aber es kann auch sein, dass sie versuchen werden, euch zu fangen.«

»Aber dafür sind wir ja da«, grunzte Barnabas zuversichtlich. »Wir passen auf, dass euch nichts passiert. Und wenn doch was passiert, dann, huhu, dann können die da unten affenmäßig was erleben!« Barnabas gluckste vor sich hin, und die anderen Tiere hatten plötzlich den Eindruck, dass der Gorilla sich genau das wünschte.

Kaka und Du hüpften von Barnabas' pelziger Schulter und segelten elegant hinunter zum Spielplatz.

»Ich würde zu gern wissen, wie die Frau gleich reagiert«, murmelte Hamlet, während er den beiden nachblickte.

»Wirklich, Hammi?«, rief Barnabas freudestrahlend. »Super, dann gehe ich nachgucken!«

Und ehe Hamlet reagieren konnte, hatte Barnabas sich schon mit einem Satz über die Dachkante geschwungen und kletterte in Windeseile über die Balkone sechzehn Stockwerke in die Tiefe. »Barni, nein!«, rief Hamlet ihm hinterher. »So meinte ich das doch nicht!« Aber Barnabas war schon außer Hörweite. Und nachklettern konnte Hamlet ihm nicht. Er saß hier oben fest.

Wie immer hatte Barnabas einen Riesenspaß beim Klettern, und wie immer war es viel zu schnell vorbei. Schon hatte er den Spielplatz erreicht und duckte sich hinter einem Gebüsch. Jetzt musste er sich bloß noch ein Versteck suchen, damit die Kinder ihn nicht entdeckten, er aber gleichzeitig Kaka und Du belauschen konnte. Sein Blick fiel auf die große Kletterburg aus Holz. Da hatten die Kinder gerade noch gespielt, aber inzwischen waren sie schon bei den Schaukeln angelangt. Die Burg war also frei.

Barnabas machte sich so klein er konnte und huschte auf die Burg zu. Es gab einen Eingang, aber der war zu winzig für ihn. Also griff der Gorilla schnell unter die Seitenwand, stemmte die ganze Burg hoch und zog sie einfach über sich. Er passte gerade so hinein. Durch ein kleines Fenster hatte er einen ausgezeichneten Blick auf die Parkbank, auf der die

Frau mit der Zeitschrift saß. Eben flatterten Kaka und Du neben sie auf die Rückenlehne.

Barnabas spitzte die Ohren, als er hinter sich plötzlich ein Geräusch hörte. Er drehte den Kopf. Im Eingang der Burg stand ein kleines blondes Mädchen mit Zöpfen. Es hatte einen gelben Lutscher in der Hand, an dem eine ganze Menge Sand klebte, und starrte ihn mit offenem Mund an.

Barnabas schloss die Augen in der Hoffnung, dass das kleine Mädchen ihn dann nicht mehr sehen würde. Aber dann fiel ihm ein, dass das ja Quatsch war, und öffnete sie wieder.

Im selben Augenblick lachte das Mädchen: »Du bist aber ein großer Affe.«

Während Barnabas Gesicht sich zu einem breiten Grinsen verzog, beobachteten Kaka und Du die Frau auf der Parkbank. Sie blickte besorgt in den Himmel, wo eine breite Front gewaltig dunkler Regenwolken über die Dächer heranzog. Schnell faltete sie ihre Zeitschrift zusammen und wollte gerade ihre Kinder rufen, als sie ein leises Krächzen hinter sich hörte. Erschrocken drehte sie sich um, aber dann breitete sich ein entzücktes Lächeln auf ihrem Gesicht aus. Vor ihr saßen zwei wunderschöne weiße Papageien auf der Rückenlehne der Bank.

»Wo kommt ihr zwei Hübschen denn her? Ihr seid Kakadus, nicht wahr? Und dann gleich zwei, wie meine Zwillinge.« Sie wandte sich an die spielenden Kinder. »Kinder, kommt mal schnell gucken!« Aber die Zwillinge waren immer noch damit beschäftigt, Sand zu essen, und die Älteren spielten jetzt alle wieder bei der Holzburg.

Die Frau kramte in ihrer Handtasche und zog einen Zuckerkeks hervor. Damit wedelte sie vor den Schnäbeln der beiden Kakadus herum. »Na, wollt ihr? Happi, happi! Keine Angst, Mami tut euch nichts.«

Mit großen Augen wandte sich Kaka an Du: »Wieso sagt sie, sie sei unsere Mami? Sie hat doch bestimmt nicht die Eier gelegt, aus denen wir geschlüpft sind!« Doch die Frau hörte nur ein Krächzen.

Du schüttelte den Kopf. »Keine Ahnung, meine Liebe, aber vielleicht tun wir ihr einfach den Gefallen?« Dann beugte er sich vor und knabberte ein bisschen an dem Keks.

»Na, komm, du auch!« Die Frau hielt Kaka den Keks hin.

Doch Kaka stellte adrett ihren Federkamm auf, räusperte sich und sagte plötzlich in Menschensprache zu der Frau: »Nein danke, für mich nicht. Aber Sie scheinen eine sehr nette Dame zu sein, vielleicht können Sie uns in einer anderen Angelegenheit weiterhelfen?«

Die Frau riss die Augen auf. »Sprechen könnt ihr auch! Nein, wie possierlich! Aber wer hat euch denn diesen Unsinn beigebracht?«

Kaka zuckte zusammen. »Wieso Unsinn? Habe ich etwas Falsches gesagt?«, raunte sie Du zu.

»Nicht, dass ich wüsste, meine Liebe«, krächzte Du und schaltete dann auf Menschensprache um: »Wir hätten nur eine Frage. Könnten Sie uns sagen, wo ihr Menschen Schiffe baut?«

Die Frau kreischte los. »Herrlich! Also nein! Wo habt ihr das denn aufgeschnappt?« Sie hielt Kaka und Du wieder den Zuckerkeks hin. Doch nun schloss auch Du den Schnabel und schüttelte den Kopf. »Seien Sie mir nicht böse, aber Kaka zuliebe sollte ich etwas auf meine Figur achten!«

Die Frau kreischte. »Köstlich! Einfach köstlich! Wer hat dir das nur beigebracht?! Aber kannst du denn auch was Vernünftiges sagen? Komm, sag mal: ›Ich heiße Lora.‹«

»Ich heiße aber nicht Lora«, antwortete Du. »Ich heiße Du. Und das ist meine liebe Kaka. Und um endlich auf unser Anliegen zurückzukommen: Wo baut ihr Menschen Schiffe?«

Die Frau lachte so heftig, dass ihr Kekskrümel aus dem Mund spritzten. »Kinder, kommt endlich her! Diese Vögel sind völlig verrückt.«

Die kleinen Kinder im Sandkasten sahen zu ihrer Mutter. Dann schob sich eines von ihnen eine Schaufel Sand in den Mund. »Nicht den Sand essen. Das ist pfui!« Entsetzt ließ die Frau den Keks fallen, sprang auf und zückte ein mächtiges Taschentuch.

Du schüttelte den Kopf. »Es hat keinen Sinn, Kaka. Sie antwortet uns einfach nicht.«

»Allerdings, mein Lieber«, antwortete Kaka. »Sie versteht uns zwar, aber sie nimmt keines unserer Worte ernst.«

Du sah Kaka zärtlich an. »An dir lag es bestimmt nicht, meine Liebe. Aber vielleicht finden wir ja noch Menschen, die zugänglicher sind.«

»Dann müssen wir uns beeilen«, krächzte Kaka. »Es wird gleich regnen.«

Du sah hinüber zu den Kindern bei der Kletterburg, zwei Jungen und einem jüngeren Mädchen. Die beiden Jungen hingen kopfüber an einer Stange, trommelten sich auf die Brust und kreischten laut. »Ob sie uns helfen können?«

»Einen Versuch ist es wert«, rief Kaka und flatterte hoch.

Die beiden Papageien segelten Richtung Klettergerüst. »Guten Tag«, rief Du den Kindern zu.

Die Kinder reckten die Hälse. Elegant landete Kaka vor ihnen auf einer Stange. »Hallo, hallo!«

»Ein sprechender Papagei!«, rief einer der Jungen.

»Zwei sprechende Papageien«, korrigierte Du, als er sich neben Kaka hockte. »Wir hätten mal eine Frage. Ich hoffe, ihr könnt uns weiterhelfen.« Die Kinder brachen in wildes Gelächter aus. »He, Lukas, der spricht mit uns!«, rief der zweite Junge.

»Was willst du wissen?«, rief Lukas.

Kaka ließ erleichtert ihren Schnabel klappern. »Könnt ihr uns sagen, wo man Schiffe baut? Große Schiffe aus Holz, mit denen man das Meer befahren kann.«

»Piratenschiffe!« Lukas biss sich konzentriert auf die Lippe. Dann schüttelte er den Kopf. »Nein, so was kenne ich nur aus dem Fernsehen.«

»Ich weiß es!«, rief plötzlich das kleine Mädchen.

»Ah«, rief Kaka erfreut. »Und wo?«

Das Mädchen öffnete den Mund. Dann aber beäugte es Kaka plötzlich misstrauisch. »Ich muss erst den Affenkönig fragen, ob ich das sagen darf!«

Kaka und Du sahen sich erschrocken an. »Den Affenkönig?«

Die Jungen jubelten. »Ja! Der Affenkönig muss bestimmen.«

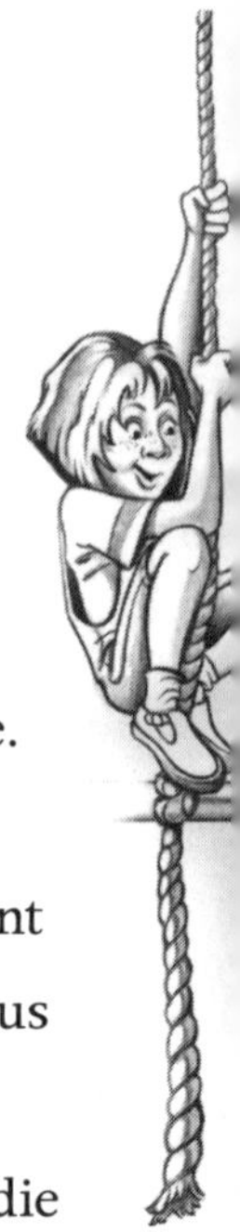

Kaka und Du schlugen unsicher mit den Flügeln. »Und wo ist dieser Affenkönig?«

»In seiner Burg natürlich.« Lukas zeigte auf die Kletterburg.

»Oh großes Kakadu-Ei!«, rief Du entsetzt. Eine schreckliche Ahnung beschlich ihn. Im selben Moment fuhr ein heftiger Windstoß über den Spielplatz und wirbelte eine Sandwolke durch den Sandkasten. Die Mutter mit den Zwillingen suchte das Weite.

Das Mädchen und die beiden Jungen rannten auf die Burg zu. »He, Affenkönig!«, rief das Mädchen. »Da sind zwei Vögel, die wissen wollen, wo man Schiffe baut. Dürfen wir das verraten?«

Aus der Burg drang ein tiefes Schnauben. Aber nur Kaka und Du verstanden, was der Gorilla rief. »Tut mir leid, Leute. Das Mädchen hat mich vorhin entdeckt.«

»Du verrückter Fellberg!«, grollte Du. »Was machst du denn hier unten?«

»Hamlet hat gesagt, er will wissen, was ihr mit der Frau redet«, erklärte Barnabas.

Das konnten Kaka und Du zwar nicht ganz glauben, aber das war jetzt auch nicht wichtig. »Gib den Kindern schon ein Zeichen, sonst sagen sie nichts«, krächzte Kaka aufgeregt.

Aus der Burg schob sich der gewaltige Arm eines Gorillas und winkte den Kindern huldvoll zu.

Das Mädchen jauchzte. »Er hat es erlaubt!«

Sie wandte sich Kaka und Du zu. »Der Mann, der die Schiffe baut, wohnt da hinten.« Sie zeigte quer über den Spielplatz. »Wo früher die Eisenbahn gefahren ist. Unter dem alten Wasserturm.«

Lukas nickte eifrig. »Das stimmt. Aber wenn wir da hingehen, jagt er uns immer weg.«

»Ja«, rief der zweite Junge. »Da müsst ihr echt aufpassen.«

Neben Kaka machte es plopp. Ein dicker Regentropfen fiel

auf den Boden. Und im nächsten Moment machte es wieder plopp. Und plopp. Und plopp. Und plopp, plopp. Und dann fing es wirklich an zu schütten.

»Wir müssen nach Hause!«, drängte das Mädchen. »Tschüss, Affenkönig!«

Der Gorillaarm winkte.

»Tschüss, Vögel«, riefen die Jungen. »Danke, dass ihr mit uns gespielt habt.« Die Kinder rannten durch den Regen weg, und dann lag der Spielplatz verlassen da.

»Barnabas, du kannst rauskommen!«, rief Kaka.

Die Burg hob sich in die Höhe, und ächzend krabbelte der Gorilla ins Freie. Der Regen prasselte auf seinen massigen Körper. Barnabas reckte seinen Kopf und streckte die Zunge raus. »Hm, süßer Regen.«

»Auf jeden Fall wissen wir jetzt, wo die Menschen Schiffe bauen«, krächzte Kaka.

»Super!« Barnabas schwang sich schon an der nächsten Hauswand nach oben.

»Das müssen wir den anderen erzählen«, rief Kaka. »Auf ins Paradies!«

»Ich komme schon, meine Liebe!«, gab Du zurück.

Dann stiegen Kaka und Du wie zwei weiße Sterne in die Luft.

2. Kapitel

Hamlet hatte sich fest vorgenommen, mit Barnabas zu schimpfen, sobald er wieder auf dem Dach angelangt wäre. Aber inzwischen goss es wie aus Eimern, und er wollte so schnell wie möglich zurück ins Paradies. Das Schimpfen konnte warten.

Das Paradies war das geheime Versteck von Kaka, Du, Barnabas, Hamlet und den anderen Tieren des Wilden Packs. Ein verlassener U-Bahnhof unter der Stadt, der eigentlich ›Paradiesplatz‹ hieß. An den Wänden wuchsen Leuchtflechten, und an den Seiten verliefen zwei Gräben, in denen verrostete Schienen lagen. Einer war verschüttet, der andere führte in einen Tunnel und dann nach draußen.

Außer den Tieren, die jetzt auf dem Rückweg waren, lebten im Paradies noch Ampel, das Chamäleon; Tulpenblüte, das Stinktier; Shiva, die Pantherdame; Ludwig, der Pavian; Caramba, der tintenblaue Frosch; Roswitha, die Schildkröte, zwei weiße Ziegen und Oskar, der selbst nicht wusste, was für ein Tier er war. Sie alle waren auf den verschiedensten Wegen ins Paradies gekommen. Und bis vor kurzer Zeit hatte es nur eine einzige Regel des Zusammenlebens gegeben: Keiner durfte einen anderen fressen!

Doch seitdem Hamlet und Barnabas bei ihnen waren, war vieles anders. Die beiden waren aus dem Zoo geflohen, und gemeinsam hatten sich die Tiere gegen Zoodirektor Müller zur Wehr gesetzt, der Hamlet wegen seines schönen Fells verfolgt hatte. Seit diesem ersten gemeinsam überstandenen Abenteuer waren die Tiere wirklich Freunde geworden.

Trotzdem war das Leben in der Stadt alles andere als vollkommen. Ständig wurden sie von Menschen bedroht. Allen voran Zoodirektor Müller, der ihnen immer noch auf den Fersen war. So hatten sie vor kurzem den Plan gefasst, mit einem großen Schiff zu fliehen und jedes Tier zurück in seine Heimat zu bringen. Und das hatte zum heutigen Ausflug von Hamlet, Barnabas, Kaka und Du geführt. Sie mussten herausfinden, wie man Schiffe baute. Und die beiden Kakadus waren die Einzigen, die die Menschensprache beherrschten, auch wenn sie die meiste Zeit so taten, als könnten sie nur bestimmte Sätze sagen.

Als die vier nun tropfnass das Paradies erreichten, wurden sie schon ungeduldig von den anderen Tieren erwartet.

»Und, Leute?«, rief Tulpe, das Stinktier, aufgeregt. »Was habt ihr bei den Menschen herausgefunden?«

»Ja, wo bauen sie Schiffe?«, fragte Shiva.

»Wen habt ihr denn eigentlich gefragt?«, wollte Ludwig wissen.

»Caramba?«, rief Caramba, der tintenblaue Frosch.

Roswitha, die uralte Riesenschildkröte, wollte auch etwas sagen, war aber zu langsam. Sie hatte gerade den Mund geöffnet, da waren alle Fragen schon gestellt worden, die ihr auf der hundertjährigen Zunge gelegen hatten.

»Nun lasst sie doch mal zu Wort kommen!«, forderte das Chamäleon Ampel und kletterte langsam von seinem warmen Ofenrohr auf die Bank, wobei er nach und nach die Farbe des Holzes annahm. Kaka und Du flatterten auf das Holzschild, auf dem in verwitterten Buchstaben ›Paradiesplatz‹ zu lesen war. Und Barnabas und Hamlet hockten sich mitten in das Wilde Pack. Abwechselnd erzählten sie, was sie auf dem Spielplatz erlebt hatten. Von der Frau, die ihnen nicht antworten wollte, und von den Kindern, die ihnen schließlich geholfen hatten.

»Aber eins haben wir noch nicht erzählt«, sagte Barnabas und unterdrückte ein Kichern. »Da war noch das kleine Mädchen, wisst ihr, und das kleine Mädchen hat gesagt: ›Moment mal‹, hat das kleine Mädchen gesagt, ›wir müssen erst noch den Affenkönig um Erlaubnis fragen!‹« Jetzt fing Barnabas hinter seiner vorgehaltenen Gorillahand an zu prusten. »Der Affenkönig, versteht ihr? Damit meinte sie mich!« Er wandte sich an Hamlet. »Hammi, ist das nicht witzig? Ich meine, ich bin ja gar kein König. Aber das kleine Mädchen hat das geglaubt. Dabei habe ich … Hammi? Warum schaust du mich denn so komisch an? Was ist denn los?«

Barnabas bemerkte, dass nicht nur sein Freund Hamlet ihn komisch anschaute, sondern alle Tiere. Doch Hamlet war schließlich der Erste, der das Wort an ihn richtete: »Fast hätte ich vergessen, dass ich noch mit dir schimpfen wollte. Wieso bist du denn einfach so nach unten geklettert?«

»Du hast doch gesagt, du wüsstest gern, was die da unten sagen!«

»Aber damit meinte ich doch nicht, dass du runterklettern sollst!«

»Nein? Ach so. Ich dachte halt.«

Hamlet seufzte tief. »Ein für allemal, Barnabas: Das ist gefährlich! Das war purer Übermut! Man weiß nie, wie Menschen reagieren, wenn sie … wenn sie einen ausgewachsenen Gorilla vor sich haben.«

»Ach, das waren doch nur Kinder«, fand Barnabas. »Die tun nichts, die wollen bloß spielen. Solange Menschen klein sind, sind sie eigentlich ganz nett, finde ich. Hast du gesehen, sie haben die ganze Zeit so getan, als wären sie Affen. War das nicht lustig?«

Hamlet lief besorgt hin und her. »Barnabas. Wenn die erwachsenen Menschen dich sehen, bringt uns das alle in Gefahr. Früher oder später wird Zoodirektor Müller davon Wind bekommen, und dann macht er wieder Jagd auf uns. Ich bin froh, dass er unsere Spur verloren hat. Und das soll auch so bleiben.«

Der Gorilla senkte den Kopf und spielte an seinen Zehen. »'Tschuldigung«, murmelte er.

»Aber Leute, Glück gehabt, es ist ja noch mal gut gegangen«, kam ihm Tulpe, zu Hilfe. »Lasst uns lieber überlegen, was wir mit dem Schiff machen!«

»Am besten kundschaftet ihr diesen Mann aus, von dem die Kinder geredet haben«, sagte Hamlet. »Beobachtet ihn und versucht herauszufinden, wie er die Schiffe baut.« Während Hamlet sprach, blickte er nur Kaka und Du an.

»Sollen wir etwa alleine losziehen, Hamlet?«, fragte Kaka verwundert.

»Ja. Aber haltet euch von den anderen Menschen fern und redet nicht mit ihnen! Ihr könnt Spy mitnehmen. Ich bin sicher, der schwirrt irgendwo da draußen herum. Für uns Vierbeiner ist es tagsüber zu gefährlich in der Stadt.«

Kaka und Du nickten einander zu, dann flatterten sie auf und segelten elegant aus der Halle in den Tunnel, der nach draußen führte.

Sie waren gerade verschwunden, als es plötzlich ein platschendes Geräusch ganz in der Nähe gab, gefolgt von watschelnden, nassen Schritten. Es war Oskar, der aus seinem Gully gesprungen war. Oskar war das seltsamste Tier im Wilden Pack. Mit seinem Entenschnabel, den Schwimmfüßen, dem Biberschwanz und seinem wasserdichten Fell sah er aus wie eine Kreuzung aus allen möglichen Tieren. Und selbst wenn er vor einiger Zeit im Museum einiges über sich herausgefunden hatte, wusste er noch immer nicht, was für ein Tier er war. Immerhin aber hatte er entdeckt, dass es noch andere wie ihn gab, und dass seinesgleichen in Höhlen am Wasser lebte.

Deswegen hatte sich Oskar am Rande des Gullys, in dem er lebte, eine Wohnhöhle aus Holz und Lehm gebaut. Es war ein einfacher Raum, in den Oskar gerade so hineinpasste, ohne dass sein Entenschnabel ins Freie ragte. Aber er fand ihn sehr gemütlich.

»Hey, Oskar!«, rief Tulpe und wuselte auf ihn zu. »Die anderen haben gerade erzählt, was sie in der Stadt herausgefunden haben über Schiffe und –«

»Ich muss euch auch was erzählen!«

Tulpe schwieg überrascht. Normalerweise war Oskar ein sehr höflicher und freundlicher Zeitgenosse. Wenn er sie unterbrach, musste es wirklich wichtig sein.

Oskar kletterte rasch auf das Dach seiner Höhle, um besser zu den anderen sprechen zu können: »Rafina ist bei mir im Gully aufgetaucht. Sie hat eine Nachricht für uns!«

»Rafina?«

»Was wollte die denn?«

»Glaube ich nicht!«

Sofort war das Wilde Pack in heller Aufregung. Rafina, die Riesenschlange, gehörte zwar auch irgendwie zu ihnen, aber eben nur irgendwie. Die meiste Zeit lebte sie ganz für sich in einer Höhle im Labyrinth und ließ sich oft wochenlang nicht blicken. Niemand wusste so recht, was sie da eigentlich machte und was sie fraß, um nicht zu verhungern. Außerdem hatte sie auch seltsame Kräfte. Deshalb war sie vielen Tieren ein bisschen unheimlich.

»Doch, wirklich!«, rief Oskar. »Sie war gerade bei mir!«

Das Chamäleon Ampel lief gelblich an. »Aber warum? Rafina ist eine Anakonda und keine Wasserschlange. Warum sollte sie denn zu dir in den Gully kommen? Und wie ist sie da überhaupt hingelangt?«

»Keine Ahnung«, entgegnete Oskar. »Aber sie ist da gewesen und hat gesagt, sie hätte uns allen etwas Wichtiges mitzuteilen. Für den Schiffbau. Und ich soll euch zusammentrommeln, und dann sollen wir in ihre Höhle kommen.«

»Und das sagt sie ausgerechnet dir?«, höhnte Ludwig, der Pavian. »Dass ich nicht lache! Das denkst du dir doch nur aus, damit dir wieder mal alle zuhören!« Ludwig schaukelte auf einer der alten Lampen über ihnen hin und her. »Du willst dich nur wichtig machen!«

»Gar nicht«, rief Oskar. »Das wollte ich noch nie.«

»Genau, und hör auf zu stänkern, Ludwig«, warnte Tulpe.

Aber Ludwig gab noch nicht auf. »Woher weiß Rafina das eigentlich mit dem Schiff? Die hat doch gar keine Ahnung von dem Plan! Abgesehen davon, dass es sowieso eine völlig blöde Idee ist, da lachen ja die Affen!«

»Sie weiß es von mir«, antwortete Hamlet und sah den Pavian gelassen an. »Ich habe ihr von dem Plan erzählt. Und Rafina findet ihn so großartig, dass sie uns helfen will. Deswegen war sie bestimmt auch bei Oskar.«

»Helfen!«, kreischte Ludwig. »Dass ich mich nur nicht totlache! Warum kommt sie denn nicht gleich hierher, wenn sie uns doch angeblich helfen will?«

»Das weiß ich doch nicht. Sie wird schon ihre Gründe haben.«

»Die kann ich mir schon denken, diese Gründe! Hunger hat sie! Sie will uns in die Falle locken! Und ihr seid auch noch so doof und geht freiwillig da hin. Sie wird euch alle erwürgen und dann mit ihrem Riesenmaul verschlingen.«

»Rafina gehört zu uns«, knurrte Hamlet wütend. »Sie hat sich bis jetzt immer an die Regel gehalten und noch nie einem anderen Tier etwas zuleide getan.«

»Pah, woher willst du das denn wissen? Du hast sie ja erst zweimal gesehen! Spielst dich hier mal wieder als Boss auf und tust so, als wüsstest du über alles Bescheid. Dabei kannst du gerade fünf Schritte ins Labyrinth machen, bevor du dich verläufst.«

Hamlets Knurren wurde lauter und drohender, und er hatte nicht wenig Lust, den Pavian durch das Paradies zu jagen. Doch da meldete sich plötzlich Shivas sanfte Stimme.

»Du musst ja nicht mitkommen, Ludwig«, schnurrte die Pantherdame. »Niemand muss mitkommen. Das kann jeder frei entscheiden. Aber ich werde dich begleiten, Hamlet. Ich finde, es lohnt sich immer, Rafina zuzuhören.«

Hamlet blickte in die Runde. Er konnte die Unsicherheit der anderen wittern. Viele waren ganz und gar nicht begeistert von der Idee, zu Rafina zu gehen. Aber sie wollten auch nicht für Ludwig, den alten Stänkeraffen, Partei ergreifen.

»Ich komme auch mit!«, sagte Tulpe schließlich. Schnell gesellten sich auch Ampel und Caramba, der tintenblaue Frosch, dazu. Sogar die beiden weißen Ziegen, die nie etwas sagten, waren dabei. Und Oskar und Barnabas sowieso.

»Dann los!«, sagte Hamlet. »Vergeuden wir keine Zeit.«

Er ging zu dem großen Autoreifen, der den Eingang ins Labyrinth versperrte, und rollte ihn zur Seite.

»Ha!«, kreischte Ludwig und schwang sich von einer Lampe zur anderen. »Bestellt Rafina einen schönen Gruß von mir! Und wünscht ihr guten Appetit!«

3. Kapitel

Auch die Gänge im Labyrinth waren mit Leuchtflechten bewachsen. Doch es waren viel weniger, und hier und da waren die Gänge stockfinster. Shiva hatte die Führung übernommen. Mit ihren Katzenaugen konnte sie selbst dann noch etwas sehen, wenn die anderen Tiere nur noch Schwärze vor der Schnauze hatten.

Sie steuerte Rafinas Höhle an. Doch die Gruppe hatte den Weg gerade erst halb zurückgelegt, als sich vor ihnen in der Dunkelheit etwas regte. Sie blieben stehen. Hamlet kam an Shivas Seite. Alarmiert blickten sie in die Dunkelheit.

Die Decke über ihnen verwandelte sich langsam in ein seltsam rotierendes Muster, aus dem sich plötzlich ein großer Schlangenkopf senkte. »Da seid ihr«, sagte der Schlangenkopf mit sanfter, merkwürdig singender Stimme.

»Rafina«, rief Hamlet. »Wir waren gerade auf dem Weg zu dir! Warum bist du nicht in deiner Höhle?«

»Wassssser«, gab die Anakonda zurück und schwieg, als wäre das bereits eine Antwort.

»Wasser?«, wiederholte Hamlet, doch Rafina erklärte nichts. Stattdessen zischte sie: »Ich habe lange über deine Idee nachgedacht, Hamlet. Ein Schiff, das in die Freiheit fährt. In immergrüne, menschenleere Länder. In die Länder meiner Träume. Dassss gefällt mir. Ich helfe euch.«

»Sehr gerne«, antwortete Hamlet. »Wie denn?«

Rafina schlängelte sich langsam von der Decke hinab auf den Boden, während sie weitersprach. »Habt ihr schon darüber nachgedacht, wo ihr das Schiff bauen wollt?«

»Na, hier unten«, antwortete Ampel.

»Na, am Wasser«, sagte Tulpe gleichzeitig. Sie blickten einander überrascht an.

»Hier unten«, fuhr Ampel etwas vorsichtiger fort, ein Auge auf Tulpe gerichtet, das andere auf Rafina, »weil wir natürlich in Sicherheit sein müssen vor den Menschen. Wir können so ein Schiff ja nicht mitten in der Stadt bauen.«

»Und das fänden die nicht gut«, mischte Barnabas sich ein. »Die finden vieles nicht gut, was man so machen kann.«

»Aber ein Schiff muss logischerweise am Wasser gebaut werden«, widersprach Tulpe. »Sonst bringt es ja nichts. Stell dir vor, du baust das Schiff mitten im Paradies. Irgendwann ist es fertig – und dann? Dann steht es da und kann nicht schwimmen, weil kein Wasser in der Nähe ist.«

Rafinas langer, olivgrüner Körper war nun unten angekommen. Langsam glitt sie zwischen Shivas Beinen hindurch, umrundete Ampel, Tulpe und Oskar, legte sich wie eine Acht um die beiden Ziegen und blieb beunruhigend lange vor Caramba stehen. Ihre gespaltene Zunge zischelte hervor, so als hätte sie ganz plötzlich Appetit auf Frosch bekommen. Doch dann machte sie einen Bogen um ihn, legte sich wie ein Gürtel um Barnabas' Bauch und blieb mit ihrem Kopf schließlich vor Hamlets Schnauze stehen. Ihre grauen Reptilienaugen schauten ihn ausdruckslos an. »Ich schliesssse daraussss: Ihr habt noch nicht darüber nachgedacht.«

»Na ja«, druckste Hamlet herum, »noch nicht so richtig. Ampel hat natürlich recht: Wir können das nicht in der Stadt machen. Aber Tulpe hat ebenso recht. Wir müssen das Schiff am Wasser bauen.«

»Und wenn wir es im Paradies bauen und später zum Wasser tragen?«, schlug Oskar vor.

»So ein Schiff ist aber schwer«, meinte Tulpe.

»Barnabas kann es bestimmt tragen.« Oskar sah den Gorilla bewundernd an. »Der ist so stark, der schafft alles!«

»Ich weiß nicht«, grunzte Barnabas und kratzte sich verlegen am Kopf. »Ich habe heute so eine Burg aus Holz hochgehoben, und die war schon ganz schön schwer. Dabei war die nicht mal groß, ich habe gerade so reingepasst. Wenn ich mir ein Schiff vorstelle, in das wir alle passen sollen ... Nein, also, das ist wahrscheinlich sogar für mich zu viel.«

Oskar senkte enttäuscht den Schnabel. »Aber was machen wir denn dann?«

Rafinas olivgrüner Körper mit den schwarzen Flecken setzte sich wieder in schwindelerregende Bewegung, bis ihr Kopf bei Oskar angekommen war. »Rafina fragen!«

»Na schön«, murmelte Oskar unbehaglich und versuchte, ein paar kleine Schritte zurückzuweichen, aber da war immer noch Rafinas Körper, genau genommen war er überall. »Was sollen wir jetzt machen, Rafina?«

»Wasssser«, sagte die Riesenschlange. »Wasssser ist gut. Wasssser hat viele Kräfte. Wasssser trägt Holz. Folgt dem Weg des Wasssers und macht euch seine Kraft zunutzzze!«

»Bitte.« Shiva hob den Kopf. »Kannst du uns nicht erklären, was du meinst, anstatt nur in Rätseln zu sprechen?«

Die Schlange zischelte verächtlich. »Was ihr Säuger in den Beinen habt, fehlt euch im Kopf.«

»Mein Reden!«, platzte Ampel heraus und wurde sogleich rot, weil ihm alle böse Blicke zuwarfen.

»Doch ich will es euch erklären.« Wieder setzte Rafina sich in Bewegung, so dass allen, die ihr zu lange dabei zusahen, etwas schwindlig wurde. »Wenn die Zeit kommt, die viel Regen bringt, dann steigt hier unten das Wasssser. Es tropft durch die Decke. Es rinnt durch die Kanäle. Es fliesssst durch die Tunnel. Die Tropfen formen Pfützzzen. Die Pfützzzen laufen über und werden zu Rinnsalen. Die Rinnsale sammeln sich zu kleinen Bächen. Aus kleinen Bächen werden große Bäche, und die werden zu Flüssen, zu Strömen, zu reissssenden Fluten. Zweimal im Jahr muss ich meine Höhle verlassen, wenn das Wasser zu hoch steigt.«

»Deshalb bist du hier!«, rief Hamlet. »Weil deine Höhle überflutet ist!«

Rafina nickte langsam.

»Aber warum merken wir davon nichts im Paradies?«, wollte Barnabas wissen.

»Das Paradies liegt zu hoch«, antwortete Ampel. »Wenn das Wasser langsam von unten nach oben steigt, erreicht es das Paradies später als Rafinas Höhle. Es gab aber Zeiten, in denen auch das Paradies überschwemmt war.«

»Aber was hat denn das alles mit unserem Schiff zu tun?«, wollte Oskar wissen. Nun sahen alle wieder zu Rafina.

»Wenn es regnet«, sagte Rafina, »dann rauscht es.«

»Es rauscht?«

»Es rauscht. Ersssst leise, dann lauter. Ersssst schwach,

dann kraftvoll. Es rauscht aus der Tiefe. Es rauscht von dort, wo alle Rinnsale, Bäche und Flüsse sich treffen. Wo das Wasssser einssss wird mit sich selbsssst. Wo es sich vereint zu einem reissssenden Strom.«

»Du meinst …« Hamlet wagte kaum, seinen Gedanken zu Ende zu sprechen. »… da unten ist ein Fluss?«

Die Schlange nickte. »Ich höre ihn Jahr für Jahr. Gesehen habe ich ihn noch nie. Aber er mussss da sein, irgendwo tief, tief unter uns.«

»Aber das wäre ja genau der richtige Ort für unser Schiff!«, rief Tulpe. »Ein Fluss, versteckt vor den Menschen!«

»Nicht *ein* Fluss«, widersprach Rafina. »*Der* Fluss. Euer Fluss. Unser Fluss.«

Plötzlich waren die Tiere ganz aufgeregt. Die Vorstellung von einem unterirdischen Fluss beflügelte alle.

»Fließt der Fluss denn auch ins Meer?«, fragte Oskar.

»Alle Flüsse fließen ins Meer«, war sich Ampel sicher.

»Wir müssen diesen Fluss finden«, rief Tulpe. »Aber wie?«

Ampel wusste die Antwort. »Das hat Rafina doch schon gesagt. Ihr Säuger seid wirklich langsam im Kopf.«

»Ach ja?«, erwiderte Tulpe säuerlich. »Dann erzähl's mir doch mal, du Farbwechsler!«

»Es ist ganz einfach. Wir müssen nur dem Wasser folgen. Früher oder später wird es sich mit dem Fluss vereinigen.«

Rafina nickte zufrieden. Und ganz kurz glaubte Ampel, dass sie ihm sogar zugezwinkert hatte. »Ihr müsssst schnell aufbrechen«, sagte die Anakonda. »Wenn der Regen aufhört, findet ihr den Weg nicht mehr. Aber seid vorsichtig! Das Wasssser birgt auch Gefahren. Kämpft niemals gegen das Wasssser an! Ihr müsst seine Kraft nutzzzzen. Wenn ihr dagegen ankämpft, seid ihr verloren!«

4. Kapitel

Aufgeregt schnatternd marschierte das Wilde Pack tiefer ins Labyrinth. Jetzt waren sie gepackt von Abenteuerlust.

Plötzlich spitzte Hamlet die Ohren. »Hört ihr das?«

Die anderen lauschten. Nicht jedes Tier hatte so gute Ohren wie der Wolf. Aber Shiva wusste, was er meinte: »Ich höre Wasser rauschen. Das war es, was Rafina gemeint hat.«

Sie setzten ihren Weg fort. Das Rauschen wurde immer lauter, bis alle es deutlich hören konnten. Die Tunnel und Gänge führten immer tiefer unter die Erde. Der Boden war inzwischen aufgeweicht, die Wände glitzerten feucht. Dann erreichten sie Rafinas kleine, runde Felsenhöhle.

Hamlet hatte sich vorgestellt, die Höhle wäre komplett überschwemmt, doch da hatte er die Anakonda missverstanden. Ein kleiner Wasserfall rauschte aus einem Loch nahe der Decke, setzte den Höhlenboden unter Wasser und floss durch einen Spalt in der Wand wieder ab.

»Hier würde ich auch nicht wohnen wollen«, quiekte Tulpe und rümpfte die Nase.

»Also, ich find's sehr gemütlich!«, rief Oskar und watschelte sogleich in das kalte Nass.

»Caramba!«, rief Caramba und hüpfte hinterher.

»Rafina hat gesagt, wir sollen dem Wasser folgen«, murmelte Barnabas. »Heißt das, wir müssen durch den Spalt da?«

»Ich schätze ja«, antwortete Hamlet. Er sah sich den Spalt an. »Sieht verdammt eng aus, aber ich passe wohl durch.«

»Ich nicht«, brummte Barnabas. »Ich kann nicht mitkommen. Oh je, Hammi, kommst du denn alleine zurecht?«

»Wird schon gehen«, murmelte Hamlet verlegen.

»Außerdem ist er nicht allein!«, rief Tulpe. »Ich komme mit auf die Suche, ist doch klar!«

»Ich auch«, sagte Oskar. »Ich kann schwimmen und tauchen, das wird bestimmt noch nützlich sein.«

»Was ist mit dir, Shiva?« Hamlet sah die Pantherdame fragend an. Sie hatte sich noch nicht in die nasse Höhle hineingetraut. Unsicher wagte sie immer wieder einen halben Schritt vor, wich aber zurück, bevor ihre Pfoten das Wasser berührt hatten.

»Ich kann nicht«, murmelte sie unbehaglich. »Das viele Wasser ... Ich fange jetzt schon an zu zittern, ob ich will oder nicht. Tut mir leid, Hamlet, aber Wasser ist einfach nichts für Katzen.«

Ampel seufzte. »Für Chamäleons auch nicht. Ich kehre lieber um. Schade. Ich hatte wirklich Lust auf ein Abenteuer.«

Auch die beiden Ziegen verabschiedeten sich von der Gruppe. Caramba blieb. Ihm machte das Wasser natürlich überhaupt nichts aus.

»Seid vorsichtig!«, sagte Barnabas zum Abschied, während er sich Ampel auf die Schulter setzte.

Hamlet nickte Barnabas und den anderen zu, dann schob er seinen Kopf durch den Spalt. Dahinter ging es leicht bergab. Plötzlich verlor er auf dem glitschigen Stein den Halt und rutschte abwärts. Die anderen hörten noch sein erschrockenes Jaulen, dann wurde es vom Rauschen des Wassers übertönt.

Barnabas sprang vor. »Hammi? Ist alles in Ordnung?«

Lange kam keine Antwort. Doch dann, weit, weit entfernt, war Hamlets Stimme in all dem Rauschen zu vernehmen. »Alles klar! Ihr könnt nachkommen!«

»Na gut«, meinte Tulpe erleichtert. »Dann mal los!« Beherzt sprang sie durchs Wasser und verschwand ebenfalls in dem Felsspalt.

Oskar watschelte hinterher.

»Ach, was soll's, ich komme doch mit!«, sagte Ampel plötzlich und stakselte vom pelzigen Gorillarücken herun-

ter. Doch er nahm einen anderen Weg. Anstatt durch die nasse Höhle zu waten, krabbelte er an der trockenen Wand entlang. Mit seinen starken Greiffüßen und seinem Schwanz konnte er sich an kleinsten Felsvorsprüngen festhalten. Bei dieser Taktik blieb er auch, als er den Spalt erreichte. Ohne das kleinste bisschen nass zu werden, kroch er am oberen Rand in die Öffnung.

Zum Schluss kam Caramba. Der tintenblaue Frosch schwamm mit kräftigen Beinschlägen bis zum Spalt und klammerte sich kurz davor an die Felswand. Dann hüpfte auch er mit einem mächtigen Satz hinein. »Carambaaaaaaaa!«

Während die anderen Tiere tief unter der Stadt die Geheimnisse des Labyrinths ergründeten, flatterten Kaka und Du durch strömenden Regen. Obwohl es noch mitten am Tag war, drang nur schummriges, graues Licht durch die dichte Wolkendecke. Immer wieder mussten sie Zuflucht in einer Baumkrone suchen und sich das nasse Gefieder ausschütteln.

Während einer dieser Verschnaufpausen sirrte plötzlich ein kleiner, smaragdgrüner Fleck heran und blieb mitten in der Luft vor ihren Schnäbeln stehen. »Nanu, nanu, das sind doch Kaka und Du!«, piepste der Fleck.

»Spy!«, rief Kaka. »Gut, dass du kommst!«

Der kleine Kolibri hockte sich zwischen die beiden Kakadus, die mindestens zehnmal so groß waren wie er, und blickte neugierig von einem zum anderen. »Was kann Spy aus dem Ei tun für euch zwei?«

Kaka und Du erzählten abwechselnd von ihren Erlebnissen auf dem Spielplatz. »Die Kinder sprachen von einem Mann, der Schiffe baut. Er soll irgendwo bei einer Eisenbahn wohnen. Da ist auch ein Turm mit Wasser oder so ähnlich. Sie haben uns die Richtung gezeigt, aber wir wissen nicht, wo genau das ist.«

»Den Wasserturm meinten sie, ganz bestimmt! Wir fliegen schnell hin, bevor die Sicht verschwimmt!«

Spy hatte recht. Der Himmel hing voller tiefschwarzer Wolken, und ein mächtiger Wind hatte sich erhoben, der immer wieder in gefährlichen Böen über die Dächer strich und an Antennen, Laternen und Bäumen rüttelte. Papierfetzen und Blätter flogen durch die Luft, und es goss wie aus Kübeln.

Spy erhob sich in die Luft, und die beiden Papageien folgten ihm. Du hatte sich vorher schon gefragt, ob der winzige Vogel nicht vom strömenden Regen in die Tiefe gedrückt werden würde. Selbst er hatte Schwierigkeiten, gegen die dicken Tropfen anzukämpfen. Aber Spy wurde überhaupt nicht nass. Er flog so schnell, dass es schien, als könne er jedem einzelnen Regentropfen ausweichen. Seine Flugbahn verwischte dabei zu einer verschwommenen grünen Spur, die sich in irrem Zickzack vor ihnen her bewegte. So flogen sie über die verregnete Stadt hinweg, bis Spy ein Hochhausdach ansteuerte und sich auf der Dachkante niederließ. Kaka und Du hockten sich erschöpft neben ihn und schüttelten ihr Gefieder. Dann blickten sie durch den dichten Regen hinab.

Unter ihnen lag ein halb verfallenes Fabrikgelände, auf

dem mehrere flache Hallen standen. Dazwischen verliefen schlammige Wege und rostige Schienen. Auch eine alte Lok stand in der Nähe. Neben den Fabrikhallen befand sich ein riesiges, baufälliges Gestell, auf dem eine Art monströses Fass thronte, groß wie ein Haus: der Wasserturm.

»Da ist der Turm, dort sind die Gleise, die Kinder waren wirklich weise«, piepste Spy. »Hier muss es sein, das ist ganz klar. Was sie euch sagten, das ist wahr.«

»Ja«, riefen Kaka und Du wie aus einem Schnabel.

»Aber wisst ihr«, fuhr Kaka fort, »je länger ich darüber nachdenke, desto weniger glaube ich, dass ein einziger Mensch da unten ganz allein Schiffe bauen soll. Er hat zwar jede Menge Platz, aber das ist doch viel zu schwierig für einen allein.«

Spy schüttelte sich und erhob sich wieder in die Luft. »Die Menschen haben Maschinen. Die helfen ihnen!« Mit seinem langen Schnabel wies er auf einen verrosteten Kran, der hinter einem der Gebäude aufragte. »Ich sage euch, was wir jetzt tun! Ich gehe mal gucken, und ihr könnt ausruh'n!«

»Einverstanden«, sagte Kaka. »Du bist der Unauffälligste von uns allen. Und Du und ich werden uns bei dem alten Wasserturm verstecken. Nicht wahr, mein Lieber?«

»Ich und du?«, fragte Spy und war so verwirrt, dass ihm kein Reim darauf einfiel.

»Nein, nicht du, sondern Du«, sagte Kaka.

»Sie meint mich, Spy«, sagte Du.

»Ach so, du, Du!«, sagte Spy. »Na dann: nur zu!«

Spy zischte davon. Die beiden Papageien flogen schnell zum Wasserturm und landeten auf einer Leitersprosse an der Außenwand. Sie drückten sich eng an die Wand, um sich vor dem heftigen Wind zu schützen. Von hier aus konnten sie einen Blick in einige der alten Fabrikhallen erhaschen. Die mannshohen Fensterscheiben waren zwar so dreckig, dass man nicht hindurchsehen konnte, dafür waren aber viele von ihnen zerbrochen. Dahinter war es leer oder voller Gerümpel. Es sah nicht so aus, als würde dort jemand leben. Und Schiffe waren auch nirgendwo zu sehen.

Du spürte, wie ihn etwas die Zuversicht verließ. Er krächzte traurig. »Hoffentlich haben uns die Kinder keine Märchen erzählt, meine Liebe!«

Aber Kaka antwortete nicht. Sie hielt sich mit dem Schnabel zusätzlich an einer Leitersprosse fest und starrte in die Wolken, hinter denen es jetzt auch noch zu blitzen anfing.

»Ja, hoffentlich ist das so«, krächzte sie leise. »Denn wenn nicht, sitzen wir hier ganz schön in der Tinte.«

5. Kapitel

Spy flog wie ein grüner Blitz durch den Regen. Er war so neugierig auf das, was sich in der Fabrik befand, dass er alle Vorsicht vergaß und hin und wieder von ein paar Wassertropfen getroffen wurde. Die großen hatten eine solche Wucht, dass sie ihn aus der Flugbahn schleuderten. Aber der kleine Kolibri ließ sich davon nicht beirren. Wie ein Pfeil sirrte er auf das erste Fabrikgebäude zu. Es war schon eine halbe Ruine. Die meisten Scheiben waren zerbrochen, und auch in den Wänden klafften gewaltige Löcher. Spy flog durch eines hindurch. Im Innern der Halle herrschte dämmriges Licht.

Spy ließ sich auf einem Sims nieder und sah sich um. »Sieht aus wie ein Haus, nur die Menschen sind raus«, überlegte er. »Ganz schön kaputt, viel Gerümpel und Schutt.« Durch das undichte Dach tropfte es beständig, und auf dem Boden hatten sich große Pfützen gebildet. Irgendwann hatte mal jemand Eimer dorthin gestellt, wo er tropfte, doch die waren entweder durchgerostet oder längst übergelaufen. Ringsherum war alles voller Taubenmist. Spy entdeckte ein paar seiner entfernten Verwandten oben im Gebälk unter dem Dach, doch er sprach sie nicht an. Tauben nach irgendwas zu fragen, hatte nach seiner Erfahrung noch nie etwas gebracht. Sie hatten meistens nur Fressen und Schlafen im Kopf.

Der Kolibri schüttelte sein nasses Gefieder. In einer silbernen Tropfenwolke stieg er wieder auf, durchquerte die Halle, schoss durch ein kaputtes Fenster hinaus und ins nächste Gebäude. Hier bot sich ihm ein ähnliches Bild. Nur dass hier überall Taubenmist den Boden verklebte. In der dritten Halle waren die Wände mit großen, bunten Buchstaben bemalt. Auch hier hockten die Tauben überall und pickten lustlos im Dreck herum.

Spy war enttäuscht. Keine Schiffe weit und breit. Und auch von dem geheimnisvollen Mann, der sie angeblich baute, fehlte jede Spur. Spy blickte auf seine entfernten Verwandten, die müde vor sich hin gurrten. Er seufzte. »Mein Name ist Spy aus dem Kolibri-Ei«, stellte er sich artig der nächstbesten Taube vor. »Meinst du, dass du mir helfen kannst? Ich suche 'nen Mann, der sich hier verschanzt. Der baut hier Schiffe, erzählt man sich. Ob das wohl wahr ist, frag' ich mich.«

Die Taube legte den Kopf schief, sah ihn lange an, als dächte sie über seine Frage nach, und sagte schließlich: »Huh?«

Spy hatte es geahnt: Tauben waren sehr schwer von Begriff. »Vielleicht war ich zu leise, jetzt sage ich's laut: ›Ich suche den Mann, der hier Schiffe baut!‹«

»Huh?«, wiederholte die Taube. Dann blickte sie in eine andere Richtung und tat so, als wäre Spy gar nicht da.

Dem kleinen Kolibri plusterte sich das Gefieder vor Empörung. Aber er wusste schon, wie er das dämliche Vieh dazu bringen konnte, ihm zu helfen. »Der hat nämlich Futter, ist das nicht toll? Wie man so hört, einen ganzen Sack voll!«

Augenblicklich kam Bewegung in den trägen Vogel. Die Taube breitete die Flügel aus und segelte im nächsten Moment erstaunlich elegant durch ein zerbrochenes Fenster nach draußen. Spy folgte ihr.

Zielstrebig umrundete die Taube die nächste Halle und flog durch ein Loch in der Wand in die übernächste. Auch hier gab es nur Staub und Schutt. Doch dann sah Spy plötzlich einen schwachen Lichtschimmer unter einem schiefen Türbalken. Die Taube steuerte darauf zu und darunter hindurch. Wie der Blitz war Spy wieder hinter ihr. Hier war es heller. Die Lichtquelle lag hinter der nächsten Ecke.

Die Taube und Spy bogen um ein Stück Mauer. Spy stieß ein erschrockenes Zwitschern aus. Direkt vor ihm tauchte ein grobes Netz auf, das den Raum, aus dem das Licht kam, vom Rest der Halle abschirmte. Spy blieb rechtzeitig in der Luft stehen. Die Taube dagegen flog mitten in das Netz.

»Verdammte Tauben«, brüllte eine Stimme durch das alte Gemäuer. Spy blinzelte. Ein großer Mann stand mitten in der Halle und hielt eine Lampe in der Hand, mit der er in das Netz leuchtete. Spy schnellte in die Höhe und versteckte sich im Schirm einer kaputten Lampe, die von der Decke baumelte. Besorgt hielt er nach der Taube Ausschau. Doch die hatte ihren Schreck überwunden und flatterte bereits davon.

Der Strahl der Lampe verschwand. Spy wartete noch einen Moment, dann sirrte er aus dem Lampenschirm hervor und näherte sich wieder dem Netz. Für ihn waren die groben Maschen überhaupt kein Hindernis. Da hätten zwei Kolibris nebeneinander durchgepasst. Mindestens. Spy schoss hindurch.

Doch plötzlich war der Strahl der Taschenlampe wieder da. Er fuhr suchend durch die Luft. Aber ehe er Spy traf, schwirrte der kleine Kolibri in die Höhe.

»Was war das?«, rief der Mann. »Kinder, ich warne euch! Wenn ihr das seid, setzt es was!« Er näherte sich dem Netz und hob es an, um den Raum dahinter abzuleuchten. Spy nutzte die Gelegenheit, in die entgegengesetzte Richtung zu fliegen, tiefer in das Reich dieses Menschen hinein.

Plötzlich tat sein Herz einen Satz. Weiter hinten in der Halle stand das, was er suchte! Ein enormes, ein wunderbares und prächtiges Holzschiff erhob sich glänzend im Halbdunkel. Spy überlegte nicht lange. Das musste er aus der Nähe sehen. Er stieg höher und drehte eine Runde. Und jetzt traute er seinen Augen kaum.

Es war nicht nur ein Schiff. Es waren viele! Dutzende großer hölzerner Schiffe standen dicht an dicht beieinander im Dämmerlicht der Halle. Und eines war herrlicher als das andere. »Nicht bloß zwei oder drei!«, jubelte er innerlich. »Schiffe sind hier wie Sand am Meer! Wir müssen keins bauen! Wir können es klauen! Das merkt er gar nicht, der werte Herr!«

Im selben Moment stieß Spy gegen etwas, das er noch nie gefühlt hatte. Vor ihm hingen mitten in der Luft lauter klebrige Girlanden von der Decke, an denen tausend und abertausend tote Fliegen klebten. Was war das?

Spy zog instinktiv die Flügel eng an den Körper und machte sich so schmal, wie er nur konnte. Doch sein Flügelschlag hatte die merkwürdigen Girlanden in Bewegung versetzt, so dass sie wie Arme durch die Luft wirbelten und nach Spy zu greifen schienen.

»Was ist da oben?«, rief es unter ihm.

Spy schoss in die Höhe. Wieder schnitt der Strahl der Taschenlampe durch die Luft. Spy wich aus. Im selben Moment aber packte ihn eine der Girlanden und wickelte sich eklig klebrig um seinen Körper. »Hier steht ein Schiff für uns alle«, schoss es Spy durch den Kopf. »Ich aber sitz in der Falle!«

6. Kapitel

Während Spy sich fragte, wie er je wieder aus den Fängen der Klebegirlanden entkommen sollte, kämpfte Hamlet mit dem Wasser. Nachdem er in der engen Felsspalte den Halt verloren hatte, ging es wie auf einer Rutsche abwärts. Panisch schlidderte er durch die Finsternis und bereute es schon bitter, sich überhaupt in dieses Loch gewagt zu haben. Wild um sich schlagend versuchte er, irgendwo Halt zu finden, als die Rutschpartie auch schon wieder vorbei war. In einem Schwall von Wasser plumpste Hamlet in einen kleinen Teich. Er paddelte japsend an die Oberfläche. Verletzt hatte er sich nicht. »Alles klar!«, rief er zurück. »Ihr könnt nachkommen!« Einen Moment später landete auch schon Tulpe auf seinem Kopf. Oskar, der hinter ihnen ins Wasser platschte, ging gleich auf Tauchstation, Caramba ebenso.

Hamlet und Tulpe kletterten aus dem Teich und schüttelten auf einem schmalen Felsvorsprung ihr Fell aus. Dann kam auch Oskar aus dem Wasser gewatschelt. »Hui, das hat aber Spaß gemacht!«, rief er.

»Geht so«, knurrte Hamlet.

Auch Tulpe war nicht gerade begeistert. »Ich weiß nicht, Leute, nee, ich weiß echt nicht«, murmelte sie säuerlich. »Wenn das jetzt so weitergeht ...«

»Caramba«, quakte Caramba, was immer das in diesem Fall bedeuten mochte.

»Na, meine pelzigen Freunde?«, kicherte jemand. »Nass geworden?«

»Ampel!«, rief Hamlet überrascht, als er das Chamäleon bemerkte, wie es gerade aus dem Rutschbahn-Tunnel herauskrabbelte. »Du wolltest doch oben bleiben!«

»Das war, bevor mir einfiel, wie ich euch beim Nasswerden zusehen kann, ohne selbst einen Tropfen abzukriegen.« Ampel lachte, und seine Haut schillerte schadenfroh.

Gemeinsam untersuchten sie die Höhle, in der sie gelandet waren. Das Wasser floss unterirdisch ab, doch diesen Weg hätten nur Caramba und Oskar nehmen können. Es gab aber noch einen feuchten Tunnel, der aus der Höhle hinausführte. Hamlet betrat ihn vorsichtig. Alle seine Sinne waren aufs höchste gespannt. Hier roch es nach Wasser und Tiefe. Hinter sich hörte er das Tapsen von Tulpes kleinen Füßen und Oskars watschelnden Gang.

Der Gang wand sich abwärts durch rauen Fels.

»Sieht so aus, als habe das Wasser die Flechten hier unten weggespült«, flüsterte Ampel, der das Schlusslicht bildete. »Seht ihr überhaupt was da vorne?«

»Nicht viel«, knurrte Hamlet. Tatsächlich verließ er sich im Augenblick stärker auf seinen Geruchssinn und auf seine Ohren als auf seine Augen. Zum Glück waren Wölfe dank ihrer sehr feinen Nasen nicht so sehr auf ihre Sicht angewiesen wie manch andere Tiere.

Hamlet bog um eine Ecke. Dann blieb er plötzlich stehen. Vor ihm in der Dunkelheit versperrte ein riesiges, langes, eckiges Ding aus Metall den Weg.

»Was ist los?«, rief Oskar.

Hamlet machte Platz, so gut es ging, und die anderen Tiere traten neben ihn. Sie musterten das Ding, das mitten aus der Wand zu kommen schien, und schnupperten daran. Um es herum verteilt lagen Steine und Felsbrocken. Hamlet sah, dass an der Oberseite des Kastens ein paar verbogene Räder unter der Tunneldecke klemmten. Dicht am Boden dagegen hatte das Ding eine Reihe Fenster.

»Das ist ein Zug«, sagte er. »Wie diese Straßenbahnen oben in der Stadt. Nur dass dieser hier auf dem Kopf liegt.«

»U-Bahnen nennt man die Dinger«, bemerkte Ampel.

»Du hast recht.« Tulpe trat näher an den Waggon. »Er ist

durch die Wand gefahren. Darum ist alles zerbrochen. Das muss ein ziemlicher Unfall gewesen sein.«

»Und jetzt versperrt er den Gang. Geradeaus kommen wir nicht weiter. Und da oben?«

Ampel war bereits die Wand emporgeklettert, um den Spalt unter der Decke zu untersuchen. »Zu eng«, hallte seine Stimme von den Felsen wider.

Plötzlich rief es aus dem Inneren des Wagens: »Aber Leute, wir können dafür glatt durch den Zug gehen.«

Es war Tulpe, die durch eines der Fenster ins Innere gelangt war. »Auf der anderen Seite ist auch alles mit Geröll versperrt, aber im Zug können wir weiter. Er ist ziemlich lang. Sollen wir nachschauen, wo man da rauskommt?«

Hamlet streckte witternd seine Schnauze durch das Zugfenster. Kein Geruch deutete auf Gefahr hin. »Einverstanden«, sagte der Wolf und betrat das dunkle Ungetüm.

Keiner von ihnen hatte jemals eine U-Bahn von innen gesehen, aber Tulpe war sofort klar, wie sie einst funktioniert hatte. »Da oben haben sich die Menschen hingesetzt«, sagte sie und wies auf die Holzbänke, die über ihnen an die Decke geschraubt waren. »Und dann fuhr der Zug los.«

»Boah!«, staunte Oskar, den Blick nach oben gerichtet. »Menschen können unter der Decke sitzen?«

Ampel verdrehte die Augen in verschiedene Richtungen. »Der Zug steht doch auf dem Kopf, du entenschnabeliger Plattschwanz! Was immer du für ein Tier sein magst, mit mir bist du wahrscheinlich nicht sehr eng verwandt.«

Sie durchquerten den Zug. Er stand nicht nur auf dem Kopf, sondern hatte sich auch noch so schräg durch die Wand gebohrt, dass es für die Tiere steil bergab ging. Hier und da war es außerdem ganz schön rutschig. Schließlich erreichten sie die Tür, die in den nächsten Wagen führte. Hamlet schob eine Pfote zwischen die alten, stinkenden Gummistreifen, und es gelang ihm, die Tür zu öffnen.

Der nächste Wagen sah genauso aus wie der erste. Mit einem entscheidenden Unterschied: Hamlet, Tulpe, Caramba, Oskar und Ampel standen vor einer dunklen Wasserfläche, in die der U-Bahnwaggon vor ihnen einfach eintauchte.

»Oh«, sagte Tulpe. »Und was machen wir jetzt?«

»Na, durchschwimmen!«, rief Oskar und sprang rein.

»Wir sind aber nicht so gut im Schwimmen wie du«, erinnerte Tulpe ihren Freund.

»Könntest du mal nachsehen, wie es weitergeht, Oskar?«, bat Hamlet. »Vielleicht ist es nur ein kurzes Stück.«

»Klar!«, rief Oskar und tauchte ab. Aber er blieb nur ein paar Augenblicke unter der dunklen Wasseroberfläche. Als er zurückkam, hatte er Neuigkeiten. »Dies ist der letzte Wagen, Leute.« Wenn man durch die Tür schwimmt, kann man dahinter wieder auftauchen. Da ist ein richtiger kleiner Fluss, aber direkt daneben führt ein Weg entlang, der ist trocken.«

Hamlet blickte Ampel und Tulpe an. »Ihr seid vermutlich keine begeisterten Schwimmer, oder?«

Das Stinktier und das Chamäleon schüttelten beide die Köpfe. Ampels Haut wurde ganz blass.

»Ich auch nicht. Aber wenn Oskar uns führt, schaffen wir es.«

»Aber ich bin unter Wasser blind!«, protestierte Ampel.

»Wir halten uns einfach aneinander fest«, meinte Hamlet. »Wenn jeder seinen Vordermann am Schwanz packt, dann können wir uns nicht aus den Augen … äh, aus dem Maul verlieren.« Er wandte sich wieder an Oskar. »Du schwimmst als Erster, und wir folgen dir, in Ordnung?«

»Super Idee!« Oskar watschelte in das dunkle Wasser hinein. »Von mir aus können wir!«

»Caramba!« Der blaue Frosch hüpfte neben Oskar und setzte sich ins Wasser.

Hamlet öffnete sachte die Schnauze und nahm vorsichtig Oskars breiten Schwanz zwischen die Zähne.

Oskar quiekte. »Wird etwas schwierig, so zu schwimmen«, murmelte er. »Aber ich glaube, ich schaffe es.«

»Okay«, Hamlet fühlte, wie Tulpe hinter ihm seinen eigenen Schwanz ins Maul nahm. Ampel bildete das Schlusslicht.

»Einatmen und dann auf zwei«, sagte Oskar. Hamlet und Tulpe sogen die Luft ein. Oskar zählte. »Eins und zwei.« Er stieß sich in die Dunkelheit ab und verschwand im Wasser. Hamlet schloss die Augen und tauchte ihm nach.

7. Kapitel

Während Hamlet und die anderen auf Tauchstation gingen, hatte Spy am anderen Ende der Stadt ein großes Problem: Er hatte sich vollkommen in den klebrigen Girlanden verfangen. Je verzweifelter er versuchte, sich herauszuwinden, desto stärker klebte er fest. Schon bald konnte er sich gar nicht mehr bewegen. Vielleicht war es jetzt besser, keinen Pieps mehr von sich zu geben, damit der Mann ihn wenigstens nicht bemerkte. Dieser kam heran und brüllte wütend: »Da ist doch irgendwas in meine Werkstatt geflattert!«

Spy hielt ganz still. Doch im selben Augenblick schaute der Mann auch schon nach oben zu den Klebegirlanden. »Was haben wir denn da! Bist du ein Insekt? So ein ekliger, grüner Käfer oder so?« Er kniff die Augen zusammen und setzte eine Brille auf, die an einem Band um seinen Hals baumelte. Dann kratzte er sich sein stoppeliges Kinn. »Da brat mir doch jemand 'nen Storch! Das ist ja ein Vogel! Ein Mini-Vogel!« Er zog einen mit Farbe bekleckten Stuhl heran und kletterte rauf. Plötzlich war sein unrasiertes Gesicht direkt vor Spys Schnabel. »Ein Kolibri!«, murmelte er. »Wo kommst du denn her? Bist wohl ausgebüchst, was? Na ja, kein Wunder bei deiner Größe. Dich muss man ja in einem Aquarium gefangen halten, damit du nicht abhaust.« Er lachte rau, und Spy fragte sich, ob der Mann es gut mit ihm meinte oder nicht.

Eine riesige Hand näherte sich dem zitternden Vogel. »Ich will nicht! Der zerquetscht mich!«, schoss es Spy durch den Kopf. Doch als die gewaltigen Finger ihn schließlich umfassten, spürte er ihren Griff kaum. Ganz vorsichtig befreite der Schiffsbauer ihn von den klebrigen Streifen. Es hatte ganz den Anschein, als würde der Mann so etwas jeden Tag machen. Am Ende blieben ein paar winzige Flaumfedern in den Girlanden zurück, und einige Klebfäden nisteten sich in Spys grünem Gefieder ein. Aber er war frei!

Spy hatte das Gefühl, dass ihm ein Kieselstein von seinem Herzen fiel. Er hockte in der halb geöffneten Hand des Schiffsbauers und blickte ihn an. »Das war sehr nett, ich bedanke mich«, piepste er, obwohl er genau wusste, dass der Mann ihn nicht verstand. »Dass Menschen auch nett sind, das wusst' ich nicht.« Er spreizte seine Flügel und wollte gerade abheben, da schlossen sich die Finger plötzlich wieder um ihn.

»Nicht so schnell, mein kleiner Freund! Du wirst doch nicht schon wieder abhauen wollen. Du willst doch bestimmt dorthin zurück, wo du hergekommen bist, oder? Und dabei werde ich dir helfen.«

»Ja, ja, ja!«, piepste Spy aufgeregt. »Sonnenklar! Zurück in die Heimat, das war unser Plan! Zurück wo wir herkomm'n mit 'nem riesigen Kahn!« Er deutete mit dem Schnabel auf die zahllosen Schiffe, die in der Halle standen. »Ich hol meine Freunde, das Wilde Pack! Die sind ganz schnell hier, das geht zack, zack!« Spy konnte sein Glück gar nicht fassen. Er war doch nur hergekommen, um den Schiffsbauer zu finden und ein bisschen auszukundschaften. Und jetzt bot er ihnen eine Freifahrt in die Heimat an!

»Du freust dich, dass es wieder nach Hause geht, was?«, fragte der Mann und lächelte.

Spy zwitscherte zustimmend und wollte sich wieder befreien, doch der Schiffsbauer hielt die Hand immer noch geschlossen. »Nun lass mich doch los, sonst kann ich nicht weg. Ich muss zu den andern in unser Versteck!«

»Schon gut, mein Kleiner, ich sorge dafür, dass du bald wohlbehütet wieder zu Hause bist.« Doch trotz der liebevollen Worte ließ der Schiffsbauer ihn immer noch nicht los. Stattdessen ging er zu einem Holztisch in der Nähe, auf dem

Werkzeug lag. Er griff nach einem Drahtkorb, der mit Schrauben gefüllt war. Der Mann kippte die Schrauben aus und setzte Spy auf den Tisch. Doch bevor der Kolibri sich in die Luft erheben konnte, stülpte der Mann auch schon den leeren Drahtkorb über ihn. Die Maschen des Korbs waren selbst für Spy zu eng. Und bevor er auch nur darüber nachdenken konnte, den Korb mit seinem Schnabel hochzuheben, stellte der Mann eine schwere, stinkende Farbdose obendrauf.

Spy wurde von einer schrecklichen Angst gepackt. Er hatte noch nie in einem Käfig gesteckt, noch dazu einem so winzig kleinen. Er konnte gerade seine Flügel spreizen, ohne irgendwo anzustoßen, aber mehr Platz gab es nicht.

Spy hasste Enge. Er fühlte sich schon im Paradies äußerst unwohl, weil er dort keinen freien Himmel über sich hatte. Die anderen machten sich manchmal sogar lustig über ihn, weil er der Kleinste war und von allen am meisten Platz brauchte. Aber das hier hätte jedes Tier in Panik versetzt. Ängstlich flatterte er mit den Flügeln und versuchte, in die Luft zu steigen, obwohl er genau wusste, dass das nicht klappen würde. Aber er konnte nicht anders.

»Ruhig, ruhig, mein Kleiner. Du musst nicht lange da drin bleiben.« Der Schiffsbauer hatte eine ganz sanfte Stimme. Er meinte wirklich, was er sagte! Er wollte Spy nur etwas Gutes tun! Er ging zu einem anderen Tisch und griff nach einem Telefon. Dann wählte er eine Nummer. »Guten Tag, Herr Direktor. Ja, genau, ich bin's, der Schiffsbauer. Hören Sie, mir ist hier gerade etwas in die Werkstatt geflattert. Nein, keine Taube, deshalb würde ich Sie nicht anrufen. Es ist ein Kolibri! Ich dachte, er könnte Ihnen entflogen sein. Sie sagten doch neulich etwas von Tieren, die Ihnen abhanden gekommen seien. Ach so, das waren größere, verstehe. Na ja, wie dem auch sei, hier sitzt ein Kolibri auf meiner Werkbank, und ich möchte ihn nicht wieder frei lassen. Da draußen in der Freiheit käme er wahrscheinlich gar nicht zurecht.«

»Ich komme zurecht!«, zwitscherte Spy halb panisch, halb

empört. »So gut wie ein Specht! Oder ein Spatz oder ein Geier oder ein Storch oder ein Reiher oder wie Amsel, Drossel, Fink und Star und die ganze Vogelschar!«

Aber der Schiffsbauer hörte nur Gezwitscher. »Bei Ihnen ist der Kleine doch bestimmt besser aufgehoben. Ja, natürlich, Sie können ihn abholen. Meinetwegen jetzt gleich. Ein Kolibri ist zwar kein Ersatz für einen Wolf und einen Gorilla, aber vielleicht besser als nichts, nicht wahr? In Ordnung, dann bis gleich, Herr Müller!«

Der Schiffsbauer legte auf und wandte sich wieder seinem Mini-Käfig zu. »Bald geht's dir besser, mein Kleiner. Bald bist du nicht mehr allein, sondern zusammen mit anderen Vögeln im Zoo.«

Vor Schreck vergaß Spy zu flattern. Ganz starr vor Angst sah er erst den Schiffsbauer an, dann die riesigen Schiffe, die in endlosen Reihen in der Halle standen. Plötzlich waren sie in unerreichbare Ferne gerückt. Genauso wie alles andere. Nur das Geräusch des Regens, der mit immer größerer Kraft aufs Dach prasselte, drang noch zu Spy durch.

Während Spy sich fragte, ob er wirklich je mit seinen Freunden auf einem Schiff in die Freiheit fahren würde, kauerten sich Kaka und Du in ihrem Schlupfwinkel unter dem Dach des Wasserturms eng aneinander. So dicht war der Regen inzwischen, dass die hinteren Hallen des Fabrikgeländes bereits hinter grauen Regenvorhängen verschwanden.

»Kaka, meine Liebe, das dauert aber lange«, fand Du. Er sagte das nicht zum ersten Mal.

»Das ist wahr«, sagte Kaka. »Spy wird doch wohl nichts passiert sein?«

»Vielleicht sollten wir nachsehen? Womöglich liegt der Arme in irgendeiner Pfütze und kommt wegen des starken Regens nicht mehr in die Luft.«

»Das wäre verhängnisvoll! Also los, wir suchen ihn!«, entschied Kaka. Sie plusterte ihr Gefieder, dann flogen die beiden Papageien los. Das Unwetter wirbelte sie herum wie zwei Federbälle. Nur mit größter Anstrengung schafften sie es in die erste Fabrikhalle.

Die war vollkommen verlassen, bis auf ein paar Tauben unter der Decke. Aber die wollten Kaka und Du nicht fragen, das hatte eh keinen Zweck. Sie flogen weiter, von Halle zu Halle, und riefen dabei Spys Namen. Doch der kleine Kolibri antwortete nicht. Dann erreichten sie eine Halle, an deren Ende Licht schimmere.

»Kaka, siehst du das auch?«, rief Du.

»Ja, mein Lieber, Licht. Ein gutes Zeichen, aber auch ein

gefährliches. Licht bedeutet meist Menschen!« Sie flogen unter einem Türbalken hindurch und um eine Ecke und prallten plötzlich gegen ein Netz, das von der Decke bis zum Boden gespannt war.

Erschrocken wichen sie zurück und hockten sich in sicherer Entfernung auf einen Stahlträger.

»Verdammte Tauben!«, fluchte eine menschliche Stimme hinter dem Netz. Doch der Mann, zu dem die Stimme gehörte, war zu beschäftigt an seiner Werkbank, um sich weiter um sie zu kümmern.

»Ob das der Schiffsbauer ist?«, fragte Du leise.

Doch statt zu antworten rief Kaka: »Da ist er! Spy ist gefangen!« Sie hatte den winzigen, smaragdgrünen Fleck in einem winzigen Käfig auf der Werkbank entdeckt, wo er verzweifelt flatterte. Schnell krächzte sie: »Spy! Hier sind wir! Was ist passiert?«

»Er hat mich geschnappt, der böse Mann! Passt auf, sonst seid ihr auch noch dran!«

»Wir müssen dich da irgendwie rausholen!«, rief Du.

»Ja, aber eilt euch, macht bitte schnell! Im Anmarsch ist ein übler Gesell'. Müller kommt her mit schnellem Schritt. Wenn ich dann noch hier bin, nimmt er mich mit!«

»Zoodirektor Müller?«, rief Du erschrocken.

Im selben Moment sah der Schiffsbauer auf. »Was krächzt denn da so komisch?«

»Du! Nichts wie weg!«, drängte Kaka. »Spy, wir kommen wieder, versprochen!« Schnell flatterten die Kakadus davon.

»Oh Kaka, mein Herz, was machen wir denn jetzt?«, rief Du aufgeregt.

»Vielleicht gibt es einen anderen Weg zu Spy«, überlegte Kaka. Sie flogen zurück ins Freie und umrundeten die Halle. Doch alle anderen Fenster waren durch Netze versperrt.

»Du, es hat den Anschein, dass wir beiden es ohne Hilfe nicht schaffen!« Kaka sah ihren Partner drängend an. »Flieg zurück ins Paradies und hol jemanden, für den diese Netze kein Problem sind!«

»Und was ist mit dir?«

»Ich bleibe hier. Wenn Müller kommt und ihr noch nicht zurück seid, dann ...«

»Was dann?«

»Dann wird mir schon was einfallen. Beeil dich, Du!«

Barnabas hatte affenmäßige Langeweile. Seit Stunden, ach was, seit einer Ewigkeit wartete er darauf, dass seine Freunde zurückkehrten. Der Gorilla war traurig, dass er nicht dabei war bei der Suche nach dem unterirdischen Fluss. Und Kaka und Du waren auch allein unterwegs, weil er ja tagsüber nicht mehr in die Stadt durfte.

Auch Shiva war zurückgeblieben, aber die schlief jetzt. Genauso wie die Ziegen und Roswitha, die Riesenschildkröte. Der Einzige, der noch wach war, war Ludwig. Und mit dem wollte Barnabas lieber nichts unternehmen. Als Barnabas nämlich aus lauter Langeweile versucht hatte, sich unter der Decke des Paradiesplatzes an den Lampen entlangzuschwingen, wie Ludwig es immer tat, war eine der Lampen gerissen. Der Pavian war entsetzlich sauer geworden, und Barnabas klang das wütende Gekreische jetzt noch ziemlich fies in den Ohren.

Plötzlich drang ein aufgeregtes Flattern an seine Ohren. Waren das Kaka und Du? Hoffentlich hatten sie ein paar spannende Neuigkeiten!

Doch zu Barnabas' Verwunderung flog nur Du durch den alten U-Bahn-Tunnel ins Paradies. Gehetzt ließ er sich auf dem Holzschild nieder und blickte sich um. »Wo sind die anderen?«

»Weg«, brummte Barnabas. »Sie sind in das Labyrinth gegangen, weißt du, aber ich konnte nicht mit, weil das Loch zu klein war in Rafinas Höhle, und jetzt sitze ich hier und langweile mich und …«

Aber Du hörte gar nicht zu. »Spy ist in Gefahr! Komm mit, wir brauchen deine Hilfe, sonst landet er im Zoo!«

»Im Zoo?« Barnabas sprang auf. »Aber warum denn das?«

»Ich erklär es dir unterwegs. Das ist ein Notfall! Nun komm schon, bevor Müller Spy mitnimmt!«

»Müller?« Nun war Barnabas endgültig alarmiert. Wenn Müller im Spiel war, dann musste er eingreifen! Schon sprang er mit einem Riesensatz in das Gleisbett und rannte auf allen vieren in den Tunnel, der nach draußen führte. »Worauf wartest du, Du? Bring mich hin!«

»Heh!«, schnurrte eine sanfte, aber kraftvolle Stimme hinter Barnabas. »Ihr wollt euch doch wohl Müller nicht alleine entgegenstellen?« Shiva stand auf der verfallenen Treppe, auf der sie geschlafen hatte, und sah den Gorilla und den Kakadu an. »Wenn ich schon nicht nach dem unterirdischen Fluss suchen kann, kann ich doch wenigstens helfen, Spy zu retten!«

Mit einem Satz war die Pantherdame neben ihnen. Dann machten sie sich zu dritt auf den Weg nach draußen.

»Ja, ihr Dummköpfe, lasst euch nur alle fangen und einsperren«, rief ihnen Ludwig höhnisch nach. »Aber glaubt bloß nicht, dass ich euch später retten komme!«

8. Kapitel

Während Barnabas, Shiva und Du ihren Freunden in der Fabrik zu Hilfe eilten, tauchte Hamlet tief unter der Stadt hinter Oskar durch das kalte, schwarze Wasser in dem umgestürzten U-Bahn-Wagen. Es war beängstigend. Schon nach wenigen Sekunden hatte er jedes Gefühl für Tiefe und Raum verloren.

Doch Oskar schien überhaupt keine Probleme mit der Orientierung zu haben. Zielstrebig schwamm er voran, und Hamlet gab sein Bestes, ihm zu folgen.

Gerade als er das Gefühl hatte, die Luft in seinen Lungen würde langsam knapp, ging es wieder aufwärts. Sie ließen den U-Bahn-Wagen hinter sich und durchstießen einen Augenblick später die Wasseroberfläche. Hamlet holte tief Luft. Neben ihm tauchten Tulpe und Ampel auf. Auch sie hatten alles gut überstanden, auch wenn Ampel etwas fröstelte.

Sie befanden sich in einer langen, schmalen Höhle. An der Decke über ihnen wuchsen einige Leuchtflechten. Hinter ihnen ragte der U-Bahn-Waggon aus dem Wasser und führte mitten in die Höhlenwand hinein. Das war der Weg, den sie gekommen waren. In die andere Richtung verlor sich die Höhle in der Dunkelheit.

Hamlet merkte, wie sie alle im Wasser in genau diese Richtung trieben.

»Leute, hier herrscht aber eine ganz schöne Strömung!«, fiepte Tulpe. »Schnell raus aus dem Wasser, bevor wir abgetrieben werden!«

Sie paddelten an den Rand der Höhle und kletterten auf den schmalen Felsstreifen, der dort entlangführte. Hamlet und Tulpe schüttelten ihr Fell aus, danach krabbelte Ampel auf Hamlets Rücken, um sich dort ein bisschen aufzuwärmen. Oskar und Caramba kamen auch an Land.

»Das ist ein richtiger kleiner Fluss!«, rief Oskar begeistert.

»Aber es kann nicht der Fluss sein, den Rafina meinte«, sagte Hamlet. »Seht nur, da unten am Grund sieht man noch die Schienen der U-Bahn. Dieser Tunnel wurde von Menschen gebaut. Der Fluss, den wir suchen, muss noch weiter unten liegen.«

»Trotzdem müssen wir dem Wasser folgen«, fand Ampel.

Hamlet nickte, und die Tiere machten sich wieder auf den Weg, tiefer in die unterirdische Welt hinein. Sie waren schon eine Weile unterwegs, als Hamlet auffiel, dass die Gleise unter Wasser nicht mehr da waren. Auch die Tunnelwände veränderten sich. Sie wurden rauer und waren nicht mehr so glatt wie von Menschenhand gebaut. Das schwarze Wasser neben ihnen folgte nicht mehr dem U-Bahn-Tunnel, sondern zog seine eigene Bahn im Fels. War das ein gutes Zeichen?

Hamlet blieb stehen und witterte. Etwas war anders. Er spitzte die Ohren. Das Wasserrauschen, das sie die ganze Zeit begleitet hatte, war leiser geworden. Irgendwo vor ihnen herrschte eine unheimliche Stille, die seine Barthaare erzittern ließ. »Hört ihr das auch?«, flüsterte er.

»Das Wasser!«, rief Oskar. »Es klingt, als würde es einfach verschwinden!«

Verwundert sahen die Tiere sich an. Vor ihnen lag eine scharfe Biegung, um die das Wasser ganz normal strömte.

»Bleibt, wo ihr seid!«, zischte Ampel auf Hamlets Rücken. »Ich gehe erst mal nachsehen.«

So langsam, wie es nur ein Chamäleon konnte, erklomm er die Wand und krabbelte an den anderen vorbei auf die Biegung zu. Er hielt sich mit seinem Greifschwanz an einem spitzen Stein fest, schob den Kopf vor und drehte schließlich sein rechtes Auge langsam um den Felsen. Im schwachen Licht sah Hamlet, wie das Chamäleon plötzlich von Kopf bis Schwanz sandgelb wurde.

»Ampel?«, rief der Wolf. »Was siehst du da?«

»Ähem, das kann eigentlich nicht sein«, sagte Ampel. »Ich meine, Wasser kann sich doch nicht in Luft auflösen.«

»Was?« Hamlet hielt es nicht mehr aus. Mit einem großen Sprung erreichte er die Biegung und schob ebenfalls seinen Kopf um die Ecke.

Eine tiefe Stille empfing ihn.

Vor ihm lag eine hohe, kreisrunde Höhle, deren Wände über und über mit Leuchtflechten bewachsen waren, so dass es sehr hell war. Sie war fast so groß wie das Paradies, aber es gab nur diesen einen Eingang. Die Decke wölbte sich über ihnen wie eine gigantische Käseglocke. Ein feuchter und lehmiger Geruch hing in der Luft. Das wirklich Merkwürdige aber war der Boden der Höhle. Er war vollständig mit hellem, feinem Sand bedeckt. Und in diesen Sand floss das Wasser und versickerte lautlos darin, als wäre es nie da gewesen. Hamlet hielt die Luft an. »Was ist das?«

»So etwas habe ich auch noch nie gesehen«, zischelte Ampel und kraxelte an der Wand entlang weiter in die Höhle hinein. Sein Körper war inzwischen komplett sandfarben.

Nun näherten sich auch die anderen Tiere. Tulpe schnupperte. »Aber Leute, riecht doch mal! Riecht immer noch wie ein Fluss, findet ihr nicht auch?«

»Caramba!«, stimmte Caramba zu.

Tulpe schnupperte heftiger und machte einen Schritt in den Sand. Kaum hatte sie ihn mit der Pfote berührt, begann der Boden unter ihr zu schwanken, als hätte sie ein Erdbeben ausgelöst.

»He, Vorsicht, stehen bleiben!« Ampels Greifschwanz schoss herab und zog Tulpe zurück. Das Chamäleon rollte mit den Augen und ließ Tulpe los. »Jetzt weiß ich, was das ist. Ich habe davon schon gehört. Das ist Treibsand! Passt auf …« Ampel ließ seine Zunge hervorschnellen und angelte sich damit einen Kieselstein. Dann warf er diesen in den Sand. Wo der Stein auftraf, warf der Sand kreisrunde Wellen, als wäre er Wasser. Dann versank der Kieselstein langsam wie in einem zähen Brei.

»Treibsand«, wiederholte Oskar fasziniert.

»Das bedeutet, es sieht aus wie Sand, und es ist auch Sand, aber in Wirklichkeit ist es Sand, der im Wasser schwimmt«, erklärte Ampel. »Wenn man da drauf geht, sinkt man ein und kommt nicht wieder raus.«

»Auweia!« Tulpe schnaufte und machte zwei Schritte rückwärts. »Woher weißt du das alles?«

»Radio«, antwortete das Chamäleon. »Das Terrarium, in dem ich früher gelebt habe, stand in einer Wohnung, in der den ganzen Tag der Reportagensender lief. Jedenfalls ist dieser Treibsand super gefährlich. Und damit, würde ich meinen, ist unsere Spur gerade wortwörtlich im Sande verlaufen. Ich weiß jedenfalls nicht, wie wir jetzt noch weiter dem Wasser folgen sollen.«

Hamlet starrte fasziniert auf die weite Sandfläche, in der der Stein verschwunden war. Er überlegte. »Wenn das Wasser da drin verschwindet, dann muss es doch weiter unten auch irgendwo wieder rauskommen.«

Die anderen sahen ihn an. »Klingt logisch«, meinte Oskar.

Hamlet schritt so nahe wie möglich an das Sandbecken heran. Dann legte er seinen Kopf dicht darüber und lauschte. »Ich höre es auch immer noch rauschen«, sagte er. »Da unten ist Wasser. Sehr viel Wasser sogar. Es ist mehr als bloß ein Rinnsal, vielleicht zehn oder zwanzig Sprünge entfernt. Glaubt mir, auf meine Ohren kann ich mich verlassen.«

»Du willst doch nicht etwa da durch?« Ampel starrte den jungen Wolf an, als wäre er verrückt geworden. »Das ist nicht wie vorhin in der U-Bahn. Man kann nicht einfach wieder auftauchen. Wenn man im Treibsand steckt, geht es nur noch abwärts, nicht mehr aufwärts. Deswegen ist er ja so gefährlich. Nicht einmal Oskar oder Caramba könnten wieder zurückschwimmen.«

»Aber da unten ist Wasser«, wiederholte Hamlet. »Ich höre es ganz deutlich. Ich glaube nicht, dass dieser Treibsand sehr tief ist. Es klingt einfach nicht so.«

Ampel wechselte nervös die Farben. »Aber was ist, wenn das Wasser da unten durch ein ganz kleines Loch läuft, wo wir nicht durchpassen?« Sein linkes Augen starrte abwechselnd Hamlet und Tulpe an, während sein rechtes zwischen Oskar und Caramba hin und her sauste.

Niemand wusste so recht eine Antwort darauf. Doch dann sagte Tulpe: »Wisst ihr, vielleicht war es ja das, was Rafina meinte. Sie sagte doch, wir sollten nicht gegen das Wasser ankämpfen, sondern seine Kraft nutzen. Und das Wasser geht schließlich da durch!«

»Und es ist unser einziger Wegweiser«, fügte Hamlet hinzu.

Er sah die anderen an. Tulpe stellte den Schwanz auf. Dann legte auch sie ihren Kopf an den Sand. »Ich höre es jedenfalls auch rauschen«, sagte sie. »Und es klingt wirklich mächtig.«

Oskar trat neben sie. »Und wenn es nur diesen Weg gibt!«

»Caramba!«, rief Caramba.

Ampels Kopf zuckte, und ein türkiser Schauer überlief ihn.

»Da unten ist der Fluss«, sagte Hamlet bestimmt. »Das Wasser findet ihn. Dann finden wir ihn auch!«

Ampel rollte die Augen. »Na gut«, sagte er langsam. »Es ist wohl wirklich die einzige Möglichkeit!«

»Ich bin bereit!«, quiekte Oskar.

»Denken alle so?« Hamlet sah in die Runde.

Die anderen nickten.

»Gut, dann steigt auf meinen Rücken. Ich gehe so weit in die Mitte wie möglich. Dann lassen wir uns sinken. Zehn

Sprünge entfernt erwartet uns etwas Gewaltiges.« Hamlet stieß ein kurzes Knurren aus, dann machte er den ersten Schritt in den Treibsand. Sofort begann die gesamte Fläche zu schwanken und zu schaukeln.

So sicher sich Hamlet auch war, jetzt spürte er, was Ampel gemeint hatte. Der Sand unter seinen Pfoten bot kaum Widerstand, sondern schien auseinanderzufließen und saugte ihn dabei nach unten.

»Holt alle gut Luft!«, rief der Wolf. »Es geht gleich abwärts!«

Er machte noch fünf große Schritte und versank mit jedem etwas weiter im Treibsand. Er stand jetzt bereits bis zum Brustfell darin. Es war kühl und klebrig, aber Hamlet merkte auch, dass es schnell nach unten gehen würde, so rasch floss das Wasser an seinen Läufen vorbei in die Tiefe. Plötzlich war die Kraft des Wassers so mächtig, dass es ihn von den Pfoten riss. Hilflos paddelnd trieb Hamlet immer weiter in die Mitte der Höhle und sank dabei tiefer und tiefer. Die anderen auf seinem Rücken fiepten und schnappten nach Luft. Der Sand erreichte Hamlets Hals. »Wir sehen uns unten«, rief er. Dann holte er noch einmal Luft und ließ sich in den Sog fallen.

9. Kapitel

Während Hamlet durch den Treibsand nach unten sank, hockte Kaka in einem der kaputten Fenster direkt hinter dem Taubennetz und blickte in die Fabrikhalle hinab zu Spy, der immer noch gefangen war. Weiter hinten in der Halle ragten einige große, dunkle Gebilde auf, aber Kaka konnte nicht erkennen, worum es sich handelte. Am liebsten hätte sie dem kleinen Kolibri Mut zugesprochen, aber sie durfte den Mann, der immer noch an der Werkbank mit irgendwas beschäftigt war, nicht auf sich aufmerksam machen. Also konnte Kaka nicht mehr tun, als im Regen zu sitzen und zu warten, dass Du zurückkam und hoffentlich Hilfe mitbrachte.

Sie wartete nicht lange. Ein Auto näherte sich. Kaka drehte sich um und blinzelte. Durch den Schlamm wälzte sich ein Jeep heran. Kaka erkannte den Wagen sofort. Es war der Jeep von Zoodirektor Müller!

Das Auto hielt direkt vor der Fabrikhalle. Dann sprang Müller heraus, im schwarzen Anzug und mit einem Spazierstock in der Hand. Er eilte hinein. Von ihrem Platz konnte Kaka ihn nicht mehr sehen. Aber sie hörte seine knallenden Schritte und das Klicken seines Spazierstocks. Zwei Schritte – ein Klick. Zwei Schritte – ein Klick.

Kaka spähte wieder ins Innere. Dann tauchte Müller in ihrem Blickfeld auf. Er hob das Taubennetz an, ging darunter hindurch und begrüßte den Schiffsbauer. Sie redeten miteinander, doch der Regen war so laut, dass Kaka kein einziges Wort verstand. Müller zeigte dem Mann seinen Spazierstock, aber Kaka achtete nicht weiter darauf. Sie sah nur, dass Spy aufgeregt flatterte.

Im nächsten Moment trat Müller auf den Drahtkäfig zu. Er schob eine Spanplatte darunter und hob sie mitsamt dem Käfig und Spy in die Höhe. Interessiert begutachtete er den wild zappelnden Kolibri. Dann nickte er, schüttelte dem Schiffsbauer die Hand und verließ dessen Behausung wieder.

Kaka flatterte panisch in die Luft. Von Du und der versprochenen Hilfe war noch nichts zu sehen. Jetzt lag es an ihr, Spy zu retten. Sie hatte keine Ahnung, wie sie das machen sollte, aber sie musste etwas unternehmen, bevor Müller davonfuhr! Entschlossen legte sie die Flügel an und ging in den Sturzflug über.

Als Zoodirektor Müller den kleinen Drahtkäfig auf den Beifahrersitz stellte, flatterte Spy in seinem Gefängnis immer wieder gegen die Stäbe. Doch Müller beachtete ihn gar nicht. Er stellte seinen Stock neben den Käfig und quetschte sich dann auf der Fahrerseite hinter das Lenkrad des Jeeps. Zufrieden rieb er sich die Hände. Ein Kolibri war natürlich kein Ersatz für den Wolf und den Gorilla, die seinem Zoo entflohen waren, aber er war besser als nichts.

»Hör auf zu flattern!«, herrschte er den kleinen Vogel an, der einfach keine Ruhe geben wollte. Ständig piepste und zwitscherte er, dass es ihm in den Ohren schmerzte. Aber es war ja keine lange Fahrt in den Zoo. Dort würde er das kleine, grüne Federvieh einfach in den nächstbesten Käfig sperren, und dann hatte er wieder seine Ruhe.

Müller griff nach dem Zündschlüssel, als er eine Stimme hörte. »He, du da!«

Der Zoodirektor hielt inne. Was war das gewesen?

»He, du da, Zoodirektor Müller!«, wiederholte die Stimme.

Da war doch jemand! Hier in seinem Auto! Müller drehte sich um. Aber auf der Rückbank stand nur seine Aktentasche, und auf dem Beifahrersitz hockte der Kolibri, der mit einem Mal ganz still geworden war. Aber der konnte es ja

kaum gewesen sein. Trotzdem hatte jemand mit ihm gesprochen!

»Hallo?«, fragte Müller zaghaft.

»Hallo«, antwortete die Stimme.

»Das gibt's doch nicht!«, entfuhr es Müller. Jetzt ging das schon wieder los! Seit er diesen Ärger mit dem Wolf und dem Gorilla hatte, passierte es immer wieder, dass ihn seine fünf Sinne im Stich ließen. Er sah zum Beispiel Dinge, die es nicht geben konnte. Und jetzt hörte er auch noch Stimmen! »Sei still!«, rief Müller verärgert. »Ich weiß, dass du nur eine Stimme in meinem Kopf bist!«

»Bin ich nicht«, widersprach die Stimme.

»So? Wer bist du dann?«

»Ich bin es, dein … äh … Spazierstock.«

Müller zuckte zusammen und griff nach seinem Stock. Es war ein ganz besonderer Stock. In seinem Inneren eingearbeitet befand sich ein getarntes Betäubungsgewehr, das Müller neuerdings immer bei sich trug, falls er diesen Bestien wieder einmal zufällig begegnen sollte. Man konnte den Griff öffnen und Betäubungspfeile hineinschieben. Aber dass der Stock auch sprechen konnte, war Müller neu.

Er starrte den Griff an. Er war aus Silber und sah aus wie der Kopf eines Dackels. Der Dackel bewegte sich kein bisschen, als er erneut etwas zu ihm sagte: »Ja, da staunst du, was?«

»Allerdings, ja, da staune ich.« Müller blickte noch einmal nach links und rechts und über die Schulter hinweg nach hinten, aber es gab keinen Zweifel: Es war niemand in der Nähe. Es musste der Stock sein, der sprach. Auch wenn das vollkommen verrückt war. Aber er hatte in letzter Zeit viele verrückte Dinge erlebt. Warum nicht zur Abwechslung mal ein sprechender Spazierstock? »Was willst du von mir?«

»Dich warnen.«

»Wovor?«

»Vor diesem Kolibri.«

Müller blickte auf den kleinen, grünen Vogel, der reglos in seinem Drahtkäfig saß, und lachte. »Wie bitte? Vor diesem Winzling? Wieso?«

»Er ist kein Winzling«, widersprach der Stock. »Er mag winzig aussehen, aber dieser Kolibri hat … magische Kräfte! Wenn du ihn in den Zoo mitnimmst, dann wird der Zoo … zugrunde gehen. Wenn Du ihn aber frei lässt, dann … dann wird er dir viel Glück bringen!«

»Pah! Das ist doch Unsinn!«

»Ist es nicht. Dein Glück wird sein, dass … dass du den Wolf und den Gorilla, die dir entwischt sind, bald wieder sehen wirst!«

Müller zuckte zusammen. Er griff den Stock und hielt den Dackelkopf ganz nahe vor seine Augen. »Woher weißt du das von dem Wolf und dem Gorilla?«

»Was glaubst du denn?«, antwortete der Stock. »Ich bin genauso magisch wie dieser Kolibri. Ich weiß alles!«

»So?« Müller grinste listig. »Wenn das so ist, dann weißt du ja eines ganz sicher. Nämlich was dein Geheimnis ist.«

»Wie … wie bitte?«

»Dein Geheimnis«, wiederholte Müller. »Du bist doch kein gewöhnlicher Stock, du bist doch etwas ganz Besonderes.«

»Ja, ich bin ein magischer Stock, das sagte ich bereits.«

»Das meine ich nicht!«, herrschte Müller den Dackelkopf an. »Aber wenn du mir nicht sagen kannst, was dich so besonders macht, dann glaube ich dir auch nicht, dass du wirklich mit mir sprichst. Dann ist das alles vielleicht bloß ein Trick!« Müllers Griff um den Stock wurde fester, so als wollte er ihn erwürgen. »Also? Ich höre!«

Kaka konnte in ihrem Versteck hinter der Aktentasche kaum ein aufgeregtes Flattern unterdrücken. Bis jetzt hatte alles so gut geklappt! Aber Kaka hatte keine Ahnung, was für ein Geheimnis der Zoodirektor meinte. Was sollte sie denn jetzt antworten?

»Ich weiß, wovon er spricht! Ich bekam es zu Gesicht!«, zwitscherte Spy plötzlich. »Der Stock, der ist hohl, ich hab Pfeile gesehen. Das bedeutet wohl: Er hilft nicht nur beim Gehen. Daraus lässt sich schließen: Man kann damit schießen!«

Kaka fand die Geschichte, die Spy ihr da erzählte, ziemlich verrückt. Aber sie hatte keine Wahl. In Menschensprache sagte sie: »Mein Geheimnis ist, dass ich eigentlich gar kein Spazierstock bin, sondern eine Waffe.«

Sekundenlang blieb Müller ganz still, und Kaka ließ vor Angst ein bisschen Vogeldreck auf den Rücksitz fallen, aber das machte zum Glück kein Geräusch. Dann nickte Müller plötzlich. »Du weißt es. Ich glaube dir, mein magischer Stock! Und du sagst, ich werde den Wolf und den Gorilla bald wiedersehen, wenn ich den Kolibri frei lasse?«

»Ganz bestimmt.«

Müller seufzte. »Na schön, das ist es wert.« Er hob das Gitter hoch. Sofort schoss Spy ins Freie und drehte eine Mini-Runde im Innern des Jeeps. Dabei kackte er Müller auf den Kopf, ohne dass dieser es merkte. Eine Sekunde später war er auch schon durch das offene Fenster nach draußen geflattert.

Als Müller zusah, wie der kleine, smaragdgrüne Punkt im dichten Regen verschwand, fiel sein Blick auf die Lagerhalle.

Ja, war denn das die Möglichkeit? Sein magischer Stock hatte recht gehabt! Müller drückte ihm einen nassen Kuss auf den Knauf. Denn auf dem Dach der Halle saß in seiner ganzen pelzigen Pracht der Gorilla, der ihm aus dem Zoo entwischt war!

10. Kapitel

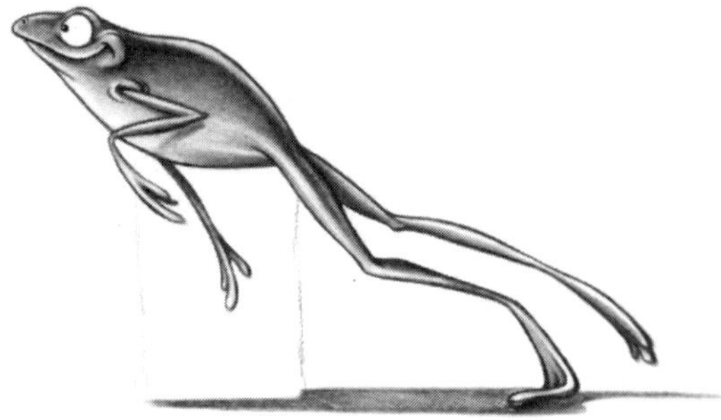

Während Spy mit lautem Zwitschern seine Freiheit bejubelte, hielt Hamlet im Treibsand weiter den Atem an. Unaufhaltsam wurde er in die Tiefe gezogen. Es war ein völlig verrücktes Gefühl. Sand und Wasser bildeten eine lockere Masse, die sich unter ihm teilte und über ihm wieder schloss.

Die Augen fest geschlossen, nur mit der Schnauze und seinem Gehör spürte der Wolf dem Fluss des Wassers nach. Er dachte an Rafinas Worte und versuchte, sich in genau dieselbe Richtung zu bewegen. Dabei lauschte er auf das stetige Rauschen, das ihm aus der Tiefe entgegendrang. Je tiefer er sank, desto lauter wurde es. Hamlets Herz schlug immer heftiger.

Und plötzlich änderte sich etwas. Hamlet spürte es zuerst an seinen Vorderpfoten: Von unten drängte ihm ein kalter Wasserstrom entgegen. Hamlet paddelte in die Richtung, aus der die Kälte kam. Immer tiefer ging die Fahrt durch das Sandmeer. Von nun an wurde es mit jeder Sekunde kälter.

Und nahm nicht auch der Sand um ihn herum ab?

Mit einem Mal wurde er nach oben getrieben, und sofort darauf war der Sand weg. Das merkwürdige Gefühl, das seinen Körper umspült hatte, verschwand, und jetzt gab es nur noch Wasser um ihn herum. Wunderbar kühles, reines Wasser.

Hamlet öffnete die Augen.

Das Sandmeer war tatsächlich verschwunden. Er blickte sich um. Hinter ihm schwammen Ampel, Tulpe, Caramba und Oskar. Unter ihnen wogten leuchtend grüne Algen über Geröll und kleinen Flusskieseln am Grund. Mitten darin lag der Eingang in eine Höhle, in der sich ein heller Sandfleck abzeichnete. Von dort mussten sie gekommen sein. Irgendwie war aus der Abwärtsfahrt eine Aufwärtsfahrt geworden.

Aber Hamlet hatte keine Zeit, sich darüber Gedanken zu machen. Seine Lungen begannen zu pochen. Seine Luft war verbraucht, er wollte atmen. Neben ihm flitzte Oskar bereits in die Höhe, gefolgt von Caramba. Tulpe und Ampel krallten sich an Hamlets Rückenfell fest. Hamlet stieß sich vom Kieselgrund ab und schnellte durchs Wasser. Einen Moment später stieß sein Kopf durch die Wasseroberfläche ins Freie. Begierig ließ er die klare Luft in die Lungen strömen. Neben ihm tauchten heftig paddelnd Ampel und Tulpe auf.

»Wir haben es geschafft!«, rief Hamlet.

»Sieht tatsächlich so aus«, keuchte Ampel. Er war inzwischen von dunkler grün-blauer Farbe wie das Wasser. »Aber wo sind wir gelandet?«

Sie sahen sich um. Es war fast dunkel. Nur über ihnen schimmerte blasses blaues Licht, beinahe wie Sterne. Doch nachdem Hamlets Augen sich an die Dunkelheit gewöhnt hatten, sah er, dass sie nicht unter freiem Himmel waren, sondern in der Mitte eines riesigen Sees, der sich in einer noch viel riesigeren Höhle befand. Das Rauschen, das er schon über dem Treibsand gehört hatte, war nun viel lauter, aber er konnte seine Quelle nicht ausmachen.

»So viel Platz zum Schwimmen!«, rief Oskar begeistert und jagte pfeilschnell durch das Wasser. Er tauchte in die Tiefe und machte immer wieder Sprünge, die ihn aus dem See hinauskatapultierten. »Das macht viel mehr Spaß, als immer nur im Gully auf und ab zu tauchen!« Dann flitzte Oskar davon und glitt als ein rauchiger Schatten durch das türkis und grünlich schimmernde Wasser aufs Ufer zu. Direkt hinter ihm flitzte ein tintenblauer Fleck heran, der kurz an der Wasseroberfläche nach Luft schnappte und einmal laut »Caramba!« quakte.

Ampel räusperte sich. »He, wenn es dir nichts ausmacht,

Hamlet, könntest du mich jetzt vielleicht ans Ufer bringen? Ich friere in dem kalten Wasser langsam ein.«

Hamlet nickte. Ampels Farbe wechselte schon langsam zu eisblau. Er und Tulpe hielten sich an seinem Nackenfell fest, und Hamlet paddelte Oskar hinterher.

Bald spürte er festen Boden unter den Pfoten. Er kroch an Land und wartete, bis Tulpe und Ampel von seinem Rücken gekrabbelt waren. Dann schüttelte er sein Fell aus, dass die Tropfen zu allen Seiten flogen. Tulpe tat es ihm gleich, dann kuschelte sie sich an Ampel, um ihn aufzuwärmen.

Das Ufer des unterirdischen Sees stieg leicht bergan, bevor es an die Höhlenwand stieß. Noch immer rauschte es von irgendwoher, aber sie konnten in der Dunkelheit einfach nicht weit genug sehen.

Hamlet näherte sich der Höhlenwand. Er wollte die Quelle des geheimnisvollen Leuchtens näher untersuchen. Als er direkt vor dem schroffen, dunklen Felsen stand, sah er, dass das Licht von winzigen Steinchen kam, die aus dem Fels herauswuchsen. Sie schimmerten nur ganz sacht, noch schwächer als die Leuchtflechten.

»Seht mal!«, flüsterte Hamlet. Plötzlich gab es einen ganz leisen, singenden Ton, und die leuchtenden Steinchen schimmerten etwas heller.

»Huch!«, entfuhr es Hamlet verblüfft. Und als sein erstaunter Ausruf von den Wänden widerhallte, erklang wieder das leise, helle Singen, und ein paar mehr Steinchen fingen an zu leuchten.

Inzwischen waren auch die anderen näher gekommen.

»Habt ihr das gesehen?«, flüsterte Hamlet.

Tulpe und Oskar nickten ehrfurchtsvoll.

Ampel ließ seine Zunge vorschnellen und berührte mit ihrer Spitze einen der kleinen Steinchen. »Das sind Kristalle«, stellte er fest. »Leuchtkristalle.«

»Ja«, meinte Hamlet. »Und es sah so aus, als wären sie heller geworden, als ich ›Huch‹ gesagt habe.«

»Hey, probier das noch mal!«, drängte Tulpe aufgeregt. Und als Hamlet ihrer Aufforderung nicht sofort nachkam, sagte sie selbst: »Huch!«

Wieder gab es das leise Singen, und wieder leuchteten ein paar Kristalle auf und wurden nur ganz langsam wieder schwächer.

»Die Kristalle fangen an zu leuchten, sobald jemand ›Huch‹ sagt!«, stellte Ampel fest. »Wahrscheinlich werden sie von den Schallwellen in Schwingungen versetzt, und dann gibt es irgendeine chemische Reaktion.«

Die anderen Tiere verstanden kein einziges Wort.

»Du hast wirklich eine Menge Radio gehört«, meinte Oskar bloß und wandte sich dann selbst den Kristallen zu. »Ob's auch mit ›Hach‹ geht?« Und dann rief er: »Hach!«, und die Kristalle in seiner Nähe schimmerten auf.

»Huch!«, rief Tulpe.

»Hach!«, rief Oskar.

»Caramba!«, rief Caramba.

Und gemeinsam liefen und hüpften sie vor der Felswand auf und ab, und immer mehr Kristalle leuchteten. Inzwischen war es richtig hell geworden, aber nur dort, wo sie standen.

Der Rest der Höhle lag noch immer in der Dunkelheit verborgen.

»Wartet mal!«, rief Hamlet und lief aufgeregt ein paar Sätze zurück Richtung Seeufer. Dort hockte er sich hin, reckte den Kopf in die Höhe und heulte das lauteste und längste Wolfsheulen, das er je ausprobiert hatte.

Das Heulen hallte von den Wänden wider, das helle Singen mischte sich dazu, und plötzlich blitzten überall bunte Kristalle auf. In einer leuchtenden Welle, die sich immer weiter fortsetzte, erstrahlte die ganze Höhle in sanftem, buntem Licht. Je weiter oben die Kristalle aus dem Felsen wuchsen, desto größer wurden sie. Hoch, hoch über ihnen, unter der Decke der gigantischen Höhle, waren sie schließlich so groß wie ein Gorilla. Überall funkelte und glitzerte es in tausend Farben, dass selbst Ampel neidisch werden konnte. Schließlich war die ganze Höhle hell erleuchtet, und das Heulen und Singen verklang langsam.

Hamlet, Oskar, Ampel und Tulpe waren sprachlos vor Staunen. Nur Caramba quakte leise: »Caramba!«

Der See war riesig, viel größer noch, als sie gedacht hatten. Er spiegelte das Leuchten der Kristalle wie ein Teppich aus Licht und mündete am anderen Ende der Höhle in einen Fluss, der sich in der Dunkelheit verlor.

Und nun sahen sie auch, was der Grund für das immerwährende Rauschen war: Nicht weit entfernt stürzte aus der Decke ein Wasserfall, hoch wie ein Hochhaus, und brauste in den See. Das schaumweiße Wasser sah so herrlich aus, dass Hamlet verzückt jaulte.

»Hey, Hamlet«, rief Tulpe außer sich vor Begeisterung. »Das ist ja der superdupertollste Ort, den ich überhaupt je gesehen habe!«

»Das ist der superdupertollste Ort, den es auf der Welt überhaupt gibt!«, quiekte Oskar.

»Caramba!«, quakte Caramba und hüpfte zurück in den See, um im bunt glitzernden Wasser zu toben.

»Wirklich phantastisch!«, hauchte Ampel, und über seine Haut flackerten alle Farben, die er sah. »Sieht wirklich so aus, als hätten wir den unterirdischen Fluss tatsächlich gefunden!«

11. Kapitel

Während Ampel vor Freude in allen Farben leuchtete, prasselte über der Stadt und dem verlassenen Fabrikgelände unaufhörlich der Regen nieder. Es war eine wahre Sintflut. Vollkommen erschöpft vom Fliegen hockte sich Du auf Barnabas' Schulter. »Wir sind da!«, krächzte er. »Da unten in der Halle ist Spy gefangen!«

Shiva trat an die Seite des Gorillas. »Hast du einen Plan, wie wir ihn da rausholen, Barnabas?«

»Einen Plan? Na ja …« Barnabas kratzte sich verlegen am Kopf. »Ich dachte, wir holen ihn einfach raus. Oder was meinst du?«

Shiva grinste in sich hinein. »Klingt vernünftig. So machen wir es.«

Barnabas sprang in einem gewaltigen Satz vom Dach der Halle und landete in einer Fontäne aus Regenwasser und Matsch. Shiva machte zwei, drei Schritte senkrecht die Wand hinunter, bevor sie sich abstieß und wesentlich eleganter landete. Trotzdem war sie inzwischen pitschnass. Und sie hasste es. Aber was tat man nicht alles für seine Freunde.

Eilig folgten sie Du, der sie zu der Fabrikhalle führte, in der der Schiffsbauer lebte. Keiner von ihnen bemerkte den safarigelben Jeep, der in der Nähe geparkt war.

Die Tür zur Halle war nur angelehnt, und Barnabas und Shiva stürmten hinein. Es war dunkel hier drinnen, aber am Ende der Halle, hinter einem kaputten Türrahmen, schimmerte etwas Licht.

Sie hatten gerade die Hälfte des Weges zurückgelegt, als plötzlich ein kleiner, smaragdgrüner Fleck heransirrte.

»Spy!«, rief Shiva und blieb stehen. »Wir dachten, du seist gefangen!«

»Gefangen? Das war ich! Das war ganz schön haarig! Doch kaum war ich frei, sah ich euch zwei.«

Im selben Augenblick flatterte auch Kaka heran.

»Kaka, Liebste!«, krächzte Du, und seine Augen glänzten golden vor Glück.

Auch Kaka war glücklich, Du wiederzusehen, aber jetzt hatten sie keine Zeit für ihre Wiedersehensfreude. »Wir müssen abhauen! Müller ist hier!«

»Müller?«, rief Shiva. »Was will der denn schon wieder? Und wie konntest du Spy überhaupt befreien?«

»Das erzähle ich euch später!«, drängte Kaka. »Müller kann jede Sekunde hier sein! Und er hat Betäubungspfeile in seinem Spazierstock!«

»In seinem Spazierstock?«, wiederholte Barnabas und kratzte sich verwirrt am Kopf.

»Wir können noch nicht gehen!«, zwitscherte Spy aufgeregt. »Ich habe was gesehen! Schiffe, und zwar hunderte, was mich mehr als wunderte! Sie sind gigantisch groß, und da dachte ich dann bloß: ›Wir müssen keins mehr bauen, wenn wir hier eins klauen.‹«

»Schiffe?«, fragte Shiva erstaunt. »Wirklich, Spy? Wo denn?«

»Da hinten, doch es gibt ein Problem: Dem Schiffsbauer ist das nicht genehm.«

Weiter kam Spy nicht mit seinen Erklärungen. Hinter ihnen wurde die Tür zur Fabrikhalle aufgestoßen, und im fahlen, regengrauen Gegenlicht stand die runde Gestalt von Zoodirektor Müller. Seinen Spazierstock mit dem Dackelkopf hielt er wie eine Waffe. »Habe ich euch endlich!«

Barnabas, Shiva und den Vögeln blieb keine Zeit zu überlegen. Es gab nur zwei Ausgänge aus der Halle. Den einen blockierte Müller mit seinem Spazierstock-Gewehr. Also rannten sie in die andere Richtung, dem Licht hinter dem

zerbrochenen Türrahmen entgegen. Zum Glück waren sie viel schneller als Müller.

Barnabas riss das, was von der kaputten Tür noch übrig war, einfach weg, und stürzte hindurch. Es ging um eine Ecke, und dann war da plötzlich ein Netz, das ihnen den Weg versperrte.

»Was machen wir jetzt?«, keuchte Shiva erschrocken.

»Wieso?«, fragte Barnabas und riss das Netz von der Decke, als wären es Spinnweben. »Was meinst du?«

»Was ist denn da los?«, dröhnte plötzlich eine Stimme aus dem hinteren Teil der Halle. »Zoodirektor Müller, sind Sie das?« Schon näherten sich Schritte.

»Wir sitzen in der Falle!«, fauchte Shiva.

»Ach was«, winkte Barnabas ab.

»So? Und wie sollen wir hier wieder rauskommen?«

»Hm«, machte Barnabas, während von beiden Seiten Schritte näher kamen. »Erst mal Licht aus!« Er sprang hoch und versetzte der Glühbirne, die über ihren Köpfen baumelte, einen Schlag. Sie zersprang mit einem Knall, und schlagartig wurde es dunkel. Durch das Unwetter und die schmutzigen Scheiben drang kaum noch Licht in die Fabrikhalle.

»Was ist denn jetzt los?«, hallte die Stimme des Schiffsbauers durch die Dunkelheit. »Wer hat denn das Licht ausgemacht? Herr Müller, waren Sie das?« Dann rumpelte es, und der Schiffsbauer stöhnte schmerzvoll auf.

Für Shiva dagegen war die Dunkelheit überhaupt kein Problem. Mit ihren Katzenaugen sah sie so gut wie vorher. »Wo sind denn diese Schiffe, Spy?«, schnurrte sie leise.

»Kommt mit, ihr vier, sie sind gleich hier!« Spy setzte sich auf Shivas Kopf, Kaka und Du auf Barnabas' Schultern. Shiva führte sie durch die Halle. An der Werkbank vorbei, schlichen sie in den hinteren Teil der Halle. Shiva sah, wie der Schiffsbauer sich aufrappelte und sich Schritt für Schritt durch die Dunkelheit tastete, bis er schließlich über das heruntergerissene Netz stolperte. Er ging in die Hocke, klaubte das Netz vom Boden auf und legte sich auf die Lauer. Dass die geheimnisvollen Eindringlinge, auf die er wartete, schon längst an ihm vorbei waren, hatte der Mann überhaupt nicht gemerkt.

Auch Zoodirektor Müller war etwas verwirrt. Auf einmal war es dunkel! Und der blöde Schiffsbauer rief ständig nach ihm. Aber Müller antwortete nicht. Sonst konnte er doch die fliehenden Tiere nicht hören! Dieser Idiot da vorn sollte bloß seinen Mund halten!

Der Gorilla war tatsächlich wieder aufgetaucht. Und mit ihm auch der schwarze Panther, der ihm ebenfalls schon einmal begegnet war, obwohl er nicht aus seinem Zoo stammte. Sein magischer Spazierstock hatte recht behalten! Komischerweise sprach er jetzt gar nicht mehr zu ihm. Aber wahrscheinlich ging es dem Stock ähnlich wie Müller selbst: Er musste sich konzentrieren. Zu dumm, dass er heute seinen schwarzen Anzug trug und nicht seine Großwildjägerkluft mit dem Tropenhelm. Darin hätte er sich bei seiner Jagd viel besser gefühlt.

Müller erreichte die kaputte Tür, schlich weiter und lugte vorsichtig um die Ecke. Auch dahinter war alles dunkel. Der Zoodirektor wartete mit angehaltenem Atem, dass sich seine Augen an die Dunkelheit gewöhnten. Dann schlich er weiter.

Plötzlich knirschte etwas unter seinen Schuhen. Das zersprungene Glas einer Glühlampe! Eine Sekunde später stürzte sich ein dunkler Schatten auf ihn.

Doch Müller war vorbereitet. Er riss seinen Spazierstock hoch und drückte ab. Der Betäubungspfeil sirrte hervor. Doch im selben Moment hatte der Angreifer schon etwas nach ihm geworfen. Und ehe Müller sich versah, breitete sich ein riesiges Netz über ihm aus und begrub den Zoodirektor unter sich. Müller schrie vor Schreck und versuchte, sich zu befreien. Aber dabei stieß er nur gegen Tische und Regale und Werkzeug und fiel hin und verstrickte sich immer mehr in das Netz. Er hörte noch ein Stöhnen. Aber es war nicht das Stöhnen eines Tieres! Er hatte den Schiffsbauer getroffen! Er war es gewesen, der das Netz nach ihm geworfen hatte!

Müller fluchte leise. Der Einzige, der ihn sofort aus seiner misslichen Lage hätte befreien können, lag wenige Meter von ihm entfernt auf dem Boden und fing jetzt selig an zu schnarchen.

»Ihr verdammten Pelzviecher!«, brüllte Müller vollkommen außer sich. Aber es half nichts. Die Tiere waren ihm ein weiteres Mal entwischt. Mühsam begann der Zoodirektor an dem Netz um seinen Körper zu nesteln.

»Da hinten ist aber ganz schön was los«, krächzte Kaka leise, als sie den Zoodirektor am anderen Ende der Halle schimpfen und wüten hörte.

»Keine Sorge«, meinte Shiva, die auf einen Tisch gesprungen war und einen Blick zurückgeworfen hatte. »Müller hat sich selbst außer Gefecht gesetzt. Also, Spy, wo sind nun deine riesigen Schiffe?«

»Vor deinem Gesicht, siehst du sie nicht?«

Shiva riss die Augen auf. Und dann sah sie, was Spy meinte. Über einer langen Reihe von Tischen ragten Hunderte von Masten in die Dunkelheit. Majestätisch stand dort ein Schiff neben dem nächsten, eine schier endlose Zahl. Bei einigen waren sogar die Segel gehisst, als wollten sie jeden Augenblick in See stechen. Nur dass etwas an den Schiffen ganz anders war, als Shiva es sich vorgestellt hatte.

Spy flog auf und sirrte zwischen den Tauen und Ankern, Galionsfiguren und Steuerrädern hin und her. »Die ganze Halle ist voll! Ist das nicht toll?«, zwitscherte er begeistert.

Shiva schwieg verlegen. Und auch die anderen kamen näher, sahen sich um und sagten nichts.

»Was ist mit euch los? Was habt ihr denn bloß?«

Barnabas war der Erste, der sich traute, zu antworten. »Also, ich weiß ja nicht, Spy. Die Schiffe sind super, klar. Aber so richtig groß finde ich die nicht gerade.«

Und jetzt sah der kleine Kolibri, was Barnabas meinte. Der Gorilla saß neben einem der Schiffe. Und er überragte selbst den höchsten Mast um einen Kopf.

»Oh –«, piepste Spy und wusste nicht weiter.

Auch Shiva strich zwischen den Schiffen umher. Keines war größer als das, neben dem Barnabas saß. Aber das war Spy vorher gar nicht aufgefallen.

»Ich fürchte, du hast dich ein bisschen verschätzt, Spy«, sagte Shiva leise. »Wahrscheinlich dachtest du, dass alles, was für dich groß ist, auch für uns groß ist, nicht wahr?«

Spy setzte sich niedergeschlagen auf einen Ausguck und blickte um sich. Shiva hatte recht. Ihm waren die Schiffe so riesig vorgekommen. Aber er hatte ganz vergessen, dass die anderen Tiere ja viel, viel größer waren als er selbst.

»Das sind bloß Modelle«, meinte Du. »Der Schiffsbauer baut Modellschiffe, keine richtigen.«

»Ihr habt ja so recht! Jetzt ist mir ganz schlecht. Mir kam

nicht in den Sinn, was für'n Winzling ich bin. Winzig und klein, mehr werd' ich nie sein.«

Du flatterte zu Spy auf das Modellschiff und setzte sich auf den Kopf der Galionsfigur. »Mach dir keine Vorwürfe, Spy.«

Doch der kleine Kolibri war untröstlich. »Und was machen wir nun? Was soll'n wir jetzt tun?«

»Wisst ihr was?«, rief Kaka plötzlich aufgeregt. »Wir nehmen einfach eins der Modelle mit!«

»Wozu?«, fragte Barnabas.

»Wir sind doch hergekommen, weil wir herausfinden wollten, wie man Schiffe baut! Wenn wir so ein Modell hätten, dann könnten wir es uns ganz genau ansehen und es einfach nachbauen, bloß halt viel größer. Das ist doch perfekt! Viel besser sogar, als wir uns erhoffen konnten!«

»Kaka, das ist eine super Idee!«, rief Shiva.

Spy schöpfte neue Hoffnung. »Meint ihr das ehrlich und redlich? Es war nicht alles vergeblich?«

»Ja sicher!«, rief Shiva. »Aber wir müssen uns beeilen. Müller ist dabei, sich aus dem Netz zu befreien.«

»Und wie kriegen wir das Modellschiff hier raus?«, fragte sich Du.

»Na, so!« Barnabas hob das Schiff hoch und setzte es sich

auf die Schulter. Der Länge nach war das Modell sogar größer als der Gorilla, aber zum Glück nicht so schwer.

»Aber der einzige Ausgang ist von Müller versperrt!«

»Da ist noch einer«, behauptete Barnabas und trat auf eine Wellblechwand zu.

»Ich sehe aber keine Tür«, zweifelte Shiva.

Barnabas trat gegen das Blech, und mit lautem Scheppern flog es aus der Wand und klatschte in eine tiefe Pfütze. Schwaches Tageslicht begrüßte sie. »Ich schon«, lachte Barnabas und schob das Modellschiff vorsichtig durch die Öffnung. Dann krabbelte er hinterher. Einen Augenblick später waren alle wieder unter freiem Himmel.

»Dann nichts wie weg!«, rief Shiva und sprang mit großen Sätzen los. Sie wollte nicht länger als nötig über die Dächer durch den Regen laufen. Aber dann bemerkte sie, dass Barnabas gar nicht so schnell hinterherkam. Er konnte zwar das Schiff tragen, musste aber vorsichtig sein, dass er es nicht aus Versehen kaputt machte.

»Oh, Leute!«, jammerte Barnabas. »Ich kann damit unmöglich klettern! Kannst du gerade mal halten, Spy?« Er hielt dem winzigen Kolibri das Schiff hin. Spy blieb wie festgeklebt in der Luft stehen. Dann lachte Barnabas prustend. »War bloß ein Witz, Spy, war bloß ein Witz!«

»Kannst du das Dach mit ihm nicht erklimmen, lass doch das Schiff im Wasser schwimmen«, piepste Spy.

Barnabas sah den Kolibri dankbar an. »Guter Rat, mein kleiner Freund. Danke! Es regnet ja wirklich so doll, dass alle Straßen unter Wasser stehen!«

Barnabas stellte das Schiff vorsichtig ab.

»Es schwimmt tatsächlich ein bisschen!«, stellte Shiva fest. »Aber es stößt immer wieder unten an. Das Wasser ist noch nicht tief genug. Es müsste noch mehr regnen. Heiliges Schnurrbarthaar, wer hätte gedacht, dass ich das mal sagen würde!«

Barnabas kratzte sich am Kopf. »Mehr Wasser brauchen wir?« Sein Blick fiel auf den Wasserturm, der neben der Fabrikhalle auf dünnen Stelzenbeinen stand. Plötzlich fing er wieder an zu glucksen. Er sprang von einer Pfütze zur nächsten und rief: »Ich habe eine Idee, ich habe eine Idee! Leute, ich sag's euch, das wird affenmäßig super!«

12. Kapitel

Zur gleichen Zeit hielten Hamlet und die anderen in der Kristallhöhle am See Rat.

»Ich hatte gedacht, dass wir einfach dem Fluss folgen, wenn wir ihn gefunden haben«, sagte Hamlet. »Aber da hinten wird das Ufer so schmal, dass wir nur im Wasser weiter kommen. Und das hält Ampel nicht mehr aus. Also müssen wir uns einen anderen Weg nach oben suchen.«

Oskar und Caramba, die die ganze Zeit im See geschwommen waren, sahen sich an. »Wir haben da vielleicht schon was entdeckt«, sagte Oskar. »Caramba und ich sind unter dem Wasserfall durchgetaucht. Wir wollten mal so richtig im Schaum baden. Und dabei haben wir was gefunden!«

»Caramba«, quakte Caramba und strahlte vor Freude.

Oskar wackelte aufgeregt mit dem Kopf. »Direkt hinter dem Wasserfall ist eine Höhle, und da drin führt ein Schacht nach oben. Er ist allerdings ziemlich steil. Und außerdem weht da so ein komischer warmer Wind.«

Ampel horchte auf. »Also, warmer Wind wäre im Moment genau das Richtige für mich.«

»Aber um da hinzukommen, musst du durchs Wasser.«

»Wieso?« Ampel musterte die Höhle. »Ich kann doch über den Felsen da vorne klettern, der wie ein eingefrorener Wirbelsturm aussieht.« Ampel deutete auf eine Felsnadel, die direkt neben dem Wasserfall aufragte.

»Ich glaube, da können wir alle lang!«, rief Hamlet.

Ein verschlungener Pfad führte um den Felsen, dem die Tiere folgen konnten. Hamlet sprang voran. Am Ende des Pfades standen sie vor dem rauschenden Wasserfall.

»Und da kann man wirklich gefahrlos durch?« Ampel lief grünlich an und kratzte sich mit seinem Greifschwanz den Rücken.

»Aber ja!«, Oskar zögerte nicht und marschierte einfach auf den Wasserfall zu. Er machte einen Schritt, und wo eben noch Oskar vor dem Wasserfall gestanden hatte, war jetzt nur der Wasserfall.

»Oskar?«, rief Hamlet.

»Ich bin hier«, piepste es leise zurück. »Gar kein Problem. Kommt schon!«

Hamlet holte tief Luft. Dann sprang er mit einem Satz in das Wasser und landete direkt dahinter sicher in einer ziemlich dunklen Höhle. Der Wolf blickte sich erstaunt um. Am Ende der Höhle verlief ein senkrechter dunkler Schacht aus der Tiefe nach oben. Und aus dem Schacht drang ein leises Jaulen.

Hamlet wartete auf die anderen, die eben hinter ihm durch den Wasservorhang kamen.

»Ein dolles Ding«, meinte Ampel, der sich sicherheitshalber an Tulpes buschigem Schwanz festgehalten hatte. »Hätte nie gedacht, dass man mal eben so durch eine Million Liter Wasser durchmarschieren kann. Das ist ja ein richtiger Schnellwaschgang.« Das Chamäleon kicherte. »Und da hinten ist also der warme Wind, was? Hm, das ist dann sozusagen der Trockengang. Ah, das fühlt sich wirklich gut an.«

Die Tiere traten an den Schacht. Das leise Heulen kam vom Wind, der warm und trocken aus dem Schacht in die Höhe wehte. Hamlet fühlte, wie er in wenigen Sekunden sein nasses Fell trocknete. Er blickte hinab. Nach unten schien der Schacht endlos weit in die Erde zu reichen. Er war so tief und schwarz, wie Hamlet es noch nie gesehen hatte.

»Passt bloß auf!«, warnte er. Dann sah er nach oben. Auch über ihnen schien es kein Ende zu geben, aber früher oder später musste der Schacht ja an die Erdoberfläche führen. Doch er würde nicht leicht zu ersteigen sein. Es gab nur wenige Vorsprünge und Stufen. Für geschickte Kletterer wie Barnabas oder Shiva wäre es bestimmt kein Problem, hier hochzukommen, aber für Hamlet war es fast unmöglich.

Neben ihm beugte sich Caramba über den Schachtrand. »Caramba!«, quakte der kleine Frosch, als er die Finsternis unter sich erblickte.

In diesem Moment geschah etwas Unerwartetes. In der Tiefe des Schachts erhob sich ein viel stärkeres Heulen als bisher. Es stöhnte und kreischte, dass Hamlet angst und bange wurde. Dann schoss plötzlich ein heftiger warmer Windstoß aus der Tiefe. Der Wind war so stark, dass er Caramba mühelos vom Rand des Kamins mit sich in die Höhe riss.

Hamlet schnappte nach dem Frosch, so schnell er konnte, aber er kam zu spät. Dieser flog bereits als kleiner blauer Punkt weit über ihm in die Höhe.

»Caramba!«, rief Hamlet, »halt dich fest!«

Doch der Frosch schien ihn nicht mehr zu hören. Wie in einem Aufzug aus Wind raste er von dannen.

Hamlet sah seine Freunde an. »Wir müssen ihn retten! Wer weiß, wo dieser Wind ihn hinträgt?«

Tulpe, Oskar und Ampel starrten Caramba fassungslos hinterher. Der Sturm wehte immer noch in die Höhe, ließ aber nun merklich nach.

Ampel kraxelte langsam ein paar Schritte auf den Schacht zu.

»Dieser Wind«, sagte er bedächtig, »könnte eine tolle Sache sein. Wenn es in dem Schacht richtig hochgeht, also – kennt ihr die Legende, wie das erste Chamäleon von Afrika nach Australien kam? Ich habe sie bei unserem Ausflug ins Museum gehört. Das war nämlich so: Mein Vorfahre setzte sich einfach an der afrikanischen Küste auf einen Baumstamm, hielt seinen Körper als Segel in den Wind und überquerte so den Ozean.«

Tulpe seufzte. »Aber Ampel! Das hier ist kein Wasser und kein Baumstamm, sondern nur Wind in einem Kamin!«

»Ja, aber wenn der Wind hier öfter so stark ist wie eben, also dann …« Er sah in die Höhe.

»Du willst da hochsegeln?«, rief Hamlet.

»Genau das will er, und ich glaube, das ist eine irre gute Idee!« Oskar stand schon am Schachtrand und hielt seinen Schnabel in den warmen Wind, der jetzt nur noch sehr leicht wehte.

»Moment«, sagte Hamlet. »Dieser Wind vorhin mag ja für Caramba reichen. Aber wie soll ich damit in die Höhe segeln?« Misstrauisch spähte er in den Abgrund.

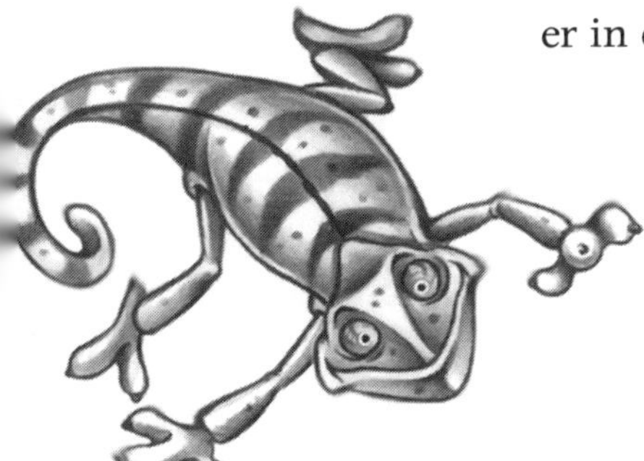

»Das müssen wir eben einfach ausprobieren«, antwortete Ampel. »Wenn der Wind für Caramba reicht, reicht er vielleicht auch für mich. Wenn er für mich reicht, reicht er vielleicht auch für Tulpe. Und wenn er für Tulpe reicht, reicht er vielleicht auch für Oskar.«

»Und dann auch für mich«, sprach Hamlet den Gedanken zu Ende.

»Wenn du dich ganz flach machst, wie ein Bettvorleger, dann müsstest du dem Wind genug Angriffsfläche bieten.«

»Es ist genau wie mit dem Wasser«, fand Tulpe. »Wir müssen die Kraft des Windes nutzen!«

»Außerdem ist es sowieso der einzige Weg hier raus«, stellte Ampel fest. Da jaulte es in der Tiefe erneut.

»Da kommt er wieder«, rief Oskar.

Ampel ließ seine lange Zunge aus dem Maul schnellen und hielt sie in den Strom. »Also, für mich reicht es ganz bestimmt! Und so schön warm, hmmm!« Dann grinste er breit, warf sich über den Abgrund und schoss im selben Moment unter den verblüfften Blicken der anderen in die Höhe. »Los, kommt!«, hörten sie Ampel noch rufen. »Es ist total irre!«

Ohne zu zögen sprang Tulpe dem Chamäleon nach. Ihr buschiger Schwanz funktionierte wie ein Fallschirm. Sofort wurde sie in die Höhe gerissen.

»Komm schon, Hamlet«, rief Oskar. Und schon sprang er hinterher und flog nach oben, die breiten Schwimmfüße und den platten Schwanz gespreizt.

Hamlet seufzte. »Ihr seid verrückt!« Aber dann machte er einen vorsichtigen Schritt und spürte, wie der Wind an seinen Pfoten riss, so stark, wie er es nie für möglich gehalten hätte. Hamlet ließ sich fallen.

13. Kapitel

Wie von einer riesigen Hand gepackt, wurde Hamlet nach oben getragen. Dieser Wind hatte die Kraft mehrerer Gorillas. Hamlet sah die Felswände an sich vorbeirasen. Um den Wind musste er sich keine Sorgen machen. Nur darum, dass ihm bei der wilden Fahrt nicht schlecht wurde.

»Achtung an alle«, schallte Tulpes Stimme plötzlich herab. »Hier ist Endstation!«

Auch Hamlet erblickte das Ende des Schachts. Die Felsendecke raste auf ihn zu. Sie würden dagegengeschleudert und zerquetscht werden! Doch dann wurde der Schacht plötzlich breiter und die Kraft des Windes dadurch schwächer. Hamlet taumelte in der Luft und driftete seitwärts auf einen Felsvorsprung zu. Und dann landete er auch schon. Hamlet jaulte vor Schreck und klammerte sich sofort an einem Felsen fest. Die anderen waren auch dort gelandet, offenbar war das der normale Weg des Windes. Der Wind prallte oben gegen die Decke und fegte dann über ihre Köpfe hinweg in einen anschließenden Tunnel, der ins Felseninnere führte. Zu ihren Füßen war es nass. Ein kleiner Bach floss aus dem Tunnel den Schacht hinunter, wo der Wind ihn zu Sprühwasser zerstob.

»Was für eine irre Reise!«, rief Oskar begeistert.

Neben ihm leckte sich Tulpe das schwarz-weiße Fell glatt, das ihr in alle Richtungen abstand. »Also Leute, uiuiui!« Sie schüttelte den Kopf und fuhr sich abschließend mit ihrer rosa Zunge über die Nasenspitze.

»Heiß«, zischelte Ampel. »Echt eine heiße Sache. Oh, dieser Wind! Wunderbar! Ich fühle mich wie neugeboren.«

Hamlet sah seine Freunde an. »Und wo ist Caramba?«

»Auweia, du hast recht!« Tulpe sprang auf. »Suchen wir ihn. Auf alle Fälle sind wir jetzt ganz schön weit oben. Ich glaube sogar, wir können nicht weit vom Paradies sein.«

Oskar watschelte hinter ihr her. »Ja, es riecht schon wieder nach Stadt. Und hier ist alles voller Regenwasser.«

»Dann los!« Ampel marschierte entschlossen voran in den Tunnel. Der Wind fegte ihnen noch immer über Schuppen und Fell, war aber nicht mehr so stark. Dafür hatte Ampel ein weiteres Mal gegen das Wasser zu kämpfen.

Nach wenigen Metern mündete der Gang in eine kleine Höhle, die halb überschwemmt war. Es plätscherte von der

Decke und tropfte und floss aus kleinen Ritzen und Spalten, und es war ungemütlich und kalt. »Oh nein«, schimpfte Ampel. »Jetzt werde ich wieder auskühlen.«

Er hatte recht. Auch Hamlet spürte, wie ihm das eisige Wasser bis auf die Knochen drang.

»Da ist Caramba!«, rief Tulpe und sprang ungerührt durch das Wasser zur hinteren Wand der Höhle. Dort klebte der tintenblaue Frosch verwirrt und erschöpft am Felsen.

»Caramba?«, quakte er kläglich.

»Er kommt nicht gegen den Wind an!«, begriff Oskar. »Für uns ist der Wind nicht mehr so schlimm, aber er reicht noch aus, um Caramba gegen die Wand zu drücken. Wir müssen ihm helfen!«

Doch das war leichter gesagt als getan. Caramba klebte so weit oben an der Decke, dass niemand ihn erreichen konnte. Und überall war es so nass und rutschig, dass selbst Ampel an den moosbewachsenen Felsen keinen Halt fand.

»So geht das nicht.« Hamlet sah sich um. Sein Blick fiel auf einen großen, runden Felsen, der dicht neben dem Eingang lag. »Leute, wenn wir den Felsen vor die Öffnung rollen, kann der Wind nicht mehr hier rein. Dann kann Caramba sich wieder bewegen!«

Alle halfen mit. Mit vereinten Kräften drückten und schoben sie, bis der Felsen endlich leise knirschte. Dann setzte er sich in Bewegung und rollte genau vor das Loch.

Schlagartig hörte der Wind auf.

Hamlet sah hoch. Caramba fiel von der Wand und klatschte ins Wasser. Aber schon bald tauchte er wieder auf, hockte sich auf einen Felsen und quakte erleichtert.

»Schon gut, kleiner Freund«, murmelte Hamlet. »Du bist gerettet!«

»Jetzt würde ich aber gern nach Hause«, meinte Tulpe erschöpft. »Für heute reicht es mir mit Abenteuern!«

»In der Tat«, stimmte Ampel ihr zu und kletterte auf den nächstbesten Felsen, der nicht allzu rutschig war, um nicht mehr im kalten Wasser stehen zu müssen.

Jetzt erst hatten sie Zeit, sich umzusehen. Die Höhle hatte nur einen Ausgang, und den hatten sie gerade mit einem Felsbrocken verschlossen. Doch seltsamerweise lag der inzwischen zur Hälfte unter Wasser.

»Caramba!«, quakte der kleine Frosch erschrocken.

In diesem Moment begriff Hamlet, was der Frosch meinte. Der breite Strom Regenwasser floss noch immer von der Decke in die Höhle. Doch anstatt durch das Loch, durch das die Tiere in die Höhle gekommen waren, abzulaufen, staute es sich nun zu ihren Füßen und stieg.

»Oh nein!« Hamlet hätte sich beißen können. »Wir haben uns eingesperrt! Der Felsen muss sofort wieder weg da!«

Aber so sehr sie sich auch bemühten, der Felsbrocken stand schon so tief unter Wasser, dass sie keinen Halt mehr fanden, um dagegenzudrücken. Sie rutschten immer wieder ab. Und schließlich war der Felsbrocken komplett versunken. Tulpe hatte schon längst den Boden unter den Pfoten verloren, und auch Hamlet begann zu schwimmen.

»Das Wasser steigt immer weiter!«, rief Ampel ängstlich. »Wir sitzen in der Falle!« Das Chamäleon zitterte bereits vor Kälte. Die Einzigen, denen das Schwimmen nichts ausmachte, waren Oskar und Caramba. Immer wieder tauchten sie ab und suchten unter Wasser nach Ritzen und Spalten, durch die sie vielleicht entkommen konnten. Aber da war nichts.

»Ich muss mich an dir festhalten, Hamlet«, japste Ampel. »Ich kann nicht mehr!«

»Ja, komm, alter Freund!«, sagte Hamlet, und Ampel kletterte ihm auf den Rücken.

»Wir haben uns gegen die Kraft des Wassers gestellt«, sagte Hamlet leise. Rafinas Warnung war ihm in den Sinn gekommen.

»Ach, Hamlet, ich wäre so gerne mit dir auf dem Schiff gefahren. Weißt du, der Platz da unten am See ist ideal. Die

Höhle ist hoch genug, der See ist ruhig. Wir wissen noch nicht, wohin der Fluss dahinter führt, aber er ist breit und sieht aus, als würde er ein Schiff tragen.« Das Chamäleon schloss die Augen.

»Oskar?«, rief Tulpe, die sich jetzt auch an Hamlet klammerte. »Wo bist du? Caramba? Kommt zu uns!«

»Hier bin ich!«, rief Oskar. »Aber Leute, was ist das da für ein blaues Licht?«

»Blaues Licht?« Ampel öffnete langsam ein Auge. »Du siehst bestimmt Caramba.«

»Caramba?«, rief der Frosch plötzlich. Er saß direkt vor Ampels Nase zwischen Hamlets Ohren.

»Nein«, sagte Oskar. »Ich meine da oben. Seht ihr das nicht, dieses kleine blaue Licht!?«

Ampel drehte müde das andere Auge in die Höhe. Dann riss er es weit auf. »Licht!«, schrie er. »Da ist Licht!«

Jetzt sah auch Hamlet es: ein kleiner, leuchtender, blauer Fleck über ihren Köpfen. Doch dann sah er noch etwas. Das Licht war von einem Gitter versperrt. Ein viereckiges, von Menschen gemachtes schweres Eisengitter. »Oh nein! Es ist eine Öffnung, aber sie ist verschlossen.«

»Das ist eine Art Gully«, rief Oskar. »Solche Gitter sind über Gullys. Vielleicht ist da oben schon die Stadt. Vielleicht hört uns jemand, wenn wir alle rufen!«

»Wer denn? Menschen etwa? Wenn wir um Hilfe rufen und Menschen uns hören, dann laufen sie eher weg als uns zu retten.«

Das Wasser stieg jetzt immer schneller. Schon bald war das Gitter so nahe, dass Ampel es bereits mit der Zunge berühren konnte, wenn er sie auf Hamlets Kopf ganz rausstreckte.

»So langsam muss uns aber was einfallen«, fiepte Tulpe ängstlich. »Hier wird es immer enger, und nur da oben gibt es genug Luft zum Atmen. Und da will ich hin!«

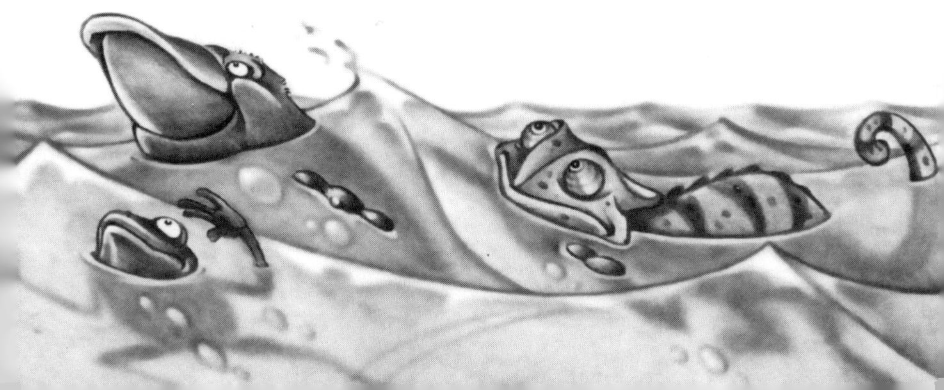

14. Kapitel

Während Tulpe und ihre Freunde darum kämpften, sich aus dem Wasser zu befreien, ging Barnabas seinen Plan durch, wie er das Modellschiff ins Paradies bringen konnte. Er hockte auf dem Dach der Fabrik, sah erst zum Wasserturm, dann zu dem alten Kran und wieder zum Wasserturm.

Von unten beobachteten ihn Shiva, Kaka, Du und Spy, die auf dem Rücken der Pantherdame saßen. »Bist du sicher, dass das eine gute Idee ist?«, rief Shiva zweifelnd.

»Das ist sogar die allerbeste Idee!«, rief Barnabas hinunter. Und dann sprang er auch schon mit einem Riesensatz auf den Kran. Der war alt und rostig und fing an, bedrohlich zu knarren und zu knacken. Aber genau das schien der Plan des Gorillas gewesen zu sein. Er hielt sich an dem Stahlgestänge fest und fing an zu schaukeln. Der Kran wankte und wackelte immer mehr. Und dann kippte er um.

Mit einem schrecklichen Knirschen stürzte der Kran auf den Wasserturm und brachte die Stelzen zum Einstürzen.

Der Wassertank fiel zehn Meter in die Tiefe, krachte laut auf den Boden und zersprang. Ungeheure Wassermassen strömten daraus hervor. »Wasser!«, fauchte Shiva, und ihr Fell sträubte sich vor Panik.

Barnabas sprang von dem, was vom Kran übrig geblieben war, herunter, stürzte sich in die Fluten und wurde vom Wasser mitgerissen.

Da erreichte die Welle auch schon das Schiff. In letzter Sekunde sprang Shiva auf das Modell, die Vögel flatterten erschrocken auf. Das Schiff mitsamt Shiva wurde vom Wasser emporgehoben, und die große Welle schwemmte es vor sich her. Die Pantherdame fauchte und machte einen Buckel, sorgsam darauf bedacht, nicht vom Schiff zu fallen. Barnabas hingegen fand das alles großartig.

»Super!«, jubelte er, während er versuchte, das Schiff halb schwimmend, halb springend einzuholen. »Ich habe doch gesagt, das ist die allerbeste Idee!«

»Das ist totaler Wahnsinn!«, jaulte Shiva.

Das Schiff wurde vom Fabrikgelände auf die Straße gespült. Und bei dem Wetter war kein Mensch unterwegs. Dafür gab es ein anderes Problem: Das Modell steuerte geradewegs auf eine Mauer gegenüber der Straße zu. Shiva versuchte, es zu steuern, indem sie ihr Gewicht auf eine Seite verlagerte. Aber dadurch brachte sie das Schiff bloß beinahe zum Kentern. An seiner Fahrtrichtung änderte das gar nichts. »Was jetzt?«, rief sie in heller Panik.

Plötzlich schossen Kaka und Du heran. Sie setzten sich auf den obersten Quermast, spreizten die Flügel und fingen wild an zu flattern. Langsam drehte das Schiff in die richtige Richtung. Und schließlich war der Kurswechsel geschafft. Jetzt ging es geradeaus die Straße hinunter.

Barnabas holte das Schiff endlich ein. Am liebsten hätte er sich auch draufgesetzt, aber schon Shiva fand kaum Platz

auf dem Modell. Der Gorilla hätte es wahrscheinlich kaputtgemacht. Also beließ er es dabei, vor, neben und hinter dem Schiff durch das tiefe Wasser zu springen und dem Modell immer mal wieder einen kleinen Schubs zu geben, damit es schneller ging. Bei jedem Schubs fauchte Shiva entsetzt auf.

Spy tauchte vor ihnen auf. »Ihr legt euch wirklich toll ins Zeug! Ich flieg voraus und führe euch. So schaffen wir 'ne Riesenstrecke, da vorne müsst ihr um die Ecke!«

Immer, wenn Spy eine neue Richtung angab, fingen Kaka und Du an zu flattern und drehten das Schiff. Mit dem kleinen Kolibri als Führer hatten sie keine Angst, in die falsche Richtung zu steuern. Niemand kannte sich in der Stadt besser aus als er.

Barnabas freute sich schon auf Hamlets Gesicht, wenn er das Schiff sah. Ob er und die anderen wohl schon zurück waren von ihrer Expedition?

Im gleichen Moment saß Ludwig, der Pavian, im Paradies auf der Treppe, auf der normalerweise Shiva schlief, und lauschte dem Rauschen des Wassers. Oben in der Stadt musste es gewaltig schütten, denn inzwischen war der alte U-Bahn-Tunnel schon so überschwemmt, dass man die Schienen nicht mehr sehen konnte. Es plätscherte und gluckerte auch in den Höhlen hinter den Wänden und unter dem Fußboden.

Ludwig war allein im Paradies. Na ja, nicht ganz. Bei ihm waren noch Roswitha, die Riesenschildkröte, und die beiden Ziegen, die nie etwas sagten.

Ludwig knurrte verstimmt. Was die anderen im Moment machten, war viel zu gefährlich. Wahrscheinlich gab es diesen unterirdischen Fluss überhaupt nicht. Und als Du angeflogen kam und berichtet hatte, dass Spy in Gefahr war, waren ihm Barnabas und Shiva sofort hinterhergelaufen. Ludwig hatte kurz überlegt, ob er ihnen nicht folgen sollte. Der kleine Spy tat ihm irgendwie leid. Aber es war alles so schnell gegangen. Außerdem wollten ihn die anderen wahrscheinlich sowieso nicht dabeihaben. Sie mochten ihn nicht. Vielleicht hatten sie ihn noch nie gemocht. Aber ganz sicher mochten sie ihn nicht mehr, seit Hamlet aufgetaucht war. Und das nur, weil Ludwig meistens anderer Meinung war als der Wolf. Was Hamlet sagte, fanden alle toll. Was Ludwig sagte, fanden alle blöd. Das war ziemlich fies und gemein.

Na gut, dann sollten sie doch zusehen, wie sie zurechtkamen.

Ludwig war so tief in düstere Gedanken versunken, dass er das Rufen und Fiepen erst wahrnahm, als sogar Roswitha davon aufwachte. Die Riesenschildkröte streckte langsam ihren Kopf aus dem Panzer, blickte sich irritiert um und sagte: »Ruft da nicht jemand um Hilfe?«

Ludwig horchte. Tatsächlich! Von irgendwoher kamen Stimmen. Er sprang von der Treppe. Die Stimmen kamen näher. Aber durch das immerwährende Rauschen des Wassers waren sie kaum zu verstehen.

Plötzlich waren die Stimmen direkt unter ihm. Das konnte ja gar nicht sein, oder?

Ludwig blickte nach unten. Er stand auf einem Metallgitter. Darunter sprudelte das Regenwasser. Und mitten in den kalten Fluten paddelten japsend Hamlet, Tulpe, Oskar, Ampel und Caramba, nur eine Affenarmlänge von ihm entfernt. Ampel war schon ganz blau gefroren, und auch Hamlet und Tulpe schienen am Ende ihrer Kräfte.

»Ludwig!«, quiekte Tulpe plötzlich, als sie ihn entdeckt hatte. »Du hast uns gehört, dem großen Stinktier sei Dank!«

»Ludwig!«, rief jetzt auch Hamlet. »Kannst du das Gitter wegnehmen?«

»Aber wie kommt ihr denn überhaupt da rein?«, fragte Ludwig und beobachtete fasziniert, wie die Gesichter der anderen immer näher kamen, während das Wasser stieg.

»Das ist doch egal!«, rief Hamlet. »Du musst uns helfen!«

Ludwig blickte sich um. Die beiden Ziegen hatten noch gar nichts mitbekommen. Und Roswitha war zwar auf dem Weg zu ihm, aber bei ihrem Tempo würde sie noch fünf Minuten brauchen, bevor sie das Gitter erreichte.

»Hey, Ludwig!«, herrschte Tulpe ihn an.

Der Pavian krallte seine Finger in das Gitternetz und zog. Nichts rührte sich. »Das klappt nicht!«

»Du sitzt ja auch drauf!«, knurrte Hamlet wütend. »Du musst erst von dem Gitter runtergehen und es dann noch mal versuchen, du blöder Affe!«

Ludwig zuckte zusammen. Was glaubte Hamlet eigentlich, wer er war. Und doch trat er zur Seite und versuchte es noch mal. Das Gitter rührte sich immer noch nicht.

»Streng dich mehr an!«, rief Hamlet.

Ja, das konnte Ludwig vielleicht versuchen. Auch wenn er Hamlet nicht mochte, musste er ihn ja nicht gleich ertrinken lassen. Schließlich sorgte der Wolf auch dafür, dass es jetzt immer was Gutes zu Essen gab. Ludwig schnaubte. Doch plötzlich wurde er von einem lauten Brausen und einem donnernden Lachen abgelenkt. Er wandte sich um. Hinter ihm rauschte ein Schiff durch den überfluteten U-Bahn-Tunnel in das Paradies. Darauf saßen Shiva, Kaka und Du. Und Barnabas sprang hinter ihnen her und lachte vor Freude.

15. Kapitel

»He, Ludwig, Roswitha, guckt mal, guckt mal, was wir gefunden haben!«, rief Barnabas und sprang pitschnass aus dem Graben. »Ein richtiges Schiff! Und wir sind damit durch die ganze Stadt gefahren! Also, das war vielleicht spannend, weil da war nämlich Müller, und der wollte Spy mit in den Zoo nehmen, aber dann hat Kaka so getan, als wäre sie sein Spazierstock, und Müller, der Doofe, hat's auch noch geglaubt, voll dämlich, oder? Sagt mal, warum guckt ihr denn so komisch?«

»Da hat jemand um Hilfe gerufen«, sagte Roswitha.

Kaka und Du flogen auf und drehten eine Runde durch das Paradies. Plötzlich krächzte Du: »Da unten sind Hamlet, Tulpe und die anderen! Oh je, wir müssen ihnen helfen, schnell!«

»Geht aber nicht, ich hab schon alles versucht«, meinte Ludwig.

Mit einem Satz war Barnabas bei dem Gitter und spähte

hinab. Seine Freunde waren jetzt nur noch ein winziges Stück vom Gitter entfernt. Der Platz reichte gerade aus, um zu atmen. »Hammi! Aber was machst du denn da?«

»Barni! Schnell, reiß das Gitter raus!«

Das ließ der Gorilla sich nicht zweimal sagen. Er griff in das Metall und zog mit aller Kraft. Das Gitter bog sich nach oben, aber es blieb fest im Boden verankert. »Ich schaffe es nicht!«, rief Barnabas verzweifelt.

In diesem Moment erreichte das Wasser die Gitterstäbe, quoll zwischen ihnen hervor und floss über den Paradiesplatz. Die Köpfe seiner Freunde waren unter Wasser.

»Sie ertrinken!«, fauchte Shiva, die inzwischen neben Barnabas stand, mit vor Angst und Schrecken gesträubtem Fell. »Wir müssen etwas unternehmen!«

Barnabas sah sich um. Er musste Hamlet retten, egal wie! Da hatte er eine Idee. Der Gorilla sprang mit einem Riesensatz in den Graben und verschwand unter Wasser. Zwei Herzschläge später schnellte er in einer Fontäne wieder heraus, in seinen mächtigen Pranken eine U-Bahn-Schiene, die er aus dem Boden gerissen hatte. Er steckte das eine Ende in das Gitter, hängte sich ans andere Ende und zog daran, so kräftig er nur konnte. »Helft mir!«, ächzte er.

Shiva sprang sofort mit ihrem ganzen Gewicht auf die

Schiene. Ludwig zögerte, aber nur einen Augenblick lang. Als ihn Shivas funkelnder Blick traf, eilte auch er Barnabas zur Hilfe und hängte sich neben dem Gorilla an die Schiene.

Barnabas zog wieder mit aller Macht.

Im nächsten Moment gab es einen Ruck, und das Metallgitter brach aus dem Boden und flog in hohem Bogen durch das Paradies, bevor es

scheppernd und krachend hinter Shivas Treppe landete. Dann spülte ein gewaltiger Schwall Wasser Hamlet, Tulpe, Oskar, Ampel und Caramba ins Paradies. Hustend und keuchend blieben sie erschöpft liegen, außer Oskar und Caramba, die aufgeregt herumwuselten und ihren Freunden zu helfen versuchten.

»Hammi!«, rief Barnabas besorgt. »Was machst du denn für Sachen? Ich wusste ja, das kann nicht gutgehen, wenn ich dich allein da runtergehen lasse. Hammi? Sag doch was!«

»Danke, Barni«, japste Hamlet entkräftet. »Mir geht's gut, aber kümmere dich um Ampel. Er braucht Wärme!«

Sofort griff Barnabas nach dem Chamäleon und setzte ihn vorsichtig auf eines der Heizungsrohre, die an den Wänden des Paradiesplatzes verliefen.

Da rief Oskar plötzlich: »Ja, gibt's denn das? Träume ich etwa? Da schwimmt ja ein Schiff! Ein richtiges Schiff! Mitten im Paradies! Das muss ein Wunder sein!«

Doch bevor Barnabas, Shiva, Kaka und Du erklären konnten, woher dieses Schiff kam, schoss plötzlich ein kleiner, smaragdgrüner Fleck in das Paradies. »Wie sieht's denn hier aus? So viel Wasser! Das wird ja wirklich immer krasser! Umso mehr wird es euch freuen – vor allem jene, die Wasser scheuen – es hat zu regnen aufgehört! Was ganz bestimmt

ier keinen stört. Jetzt fließt es langsam ab, welch Wonne!
Die Wolken geh'n, es kommt die Sonne!«

Spy behielt recht. Das Unwetter war vorbei, und nach und nach verschwand das Wasser aus der Stadt und auch aus dem Paradies. Aus dem U-Bahn-Tunnel floss es wieder ab, und auch das Loch im Boden, wo das Gitter gewesen war, nahm wieder Wasser auf, anstatt es auszuspucken. Irgendwann war es so weit gesunken, dass man es von oben nicht mehr sehen konnte.

Auch Ampel erholte sich bald. Als das Paradies schließlich von jeder Pfütze befreit und jedes Fell getrocknet war, beriefen die Tiere eine Versammlung ein. Inzwischen hatten sich natürlich alle gegenseitig von ihren Abenteuern erzählt. Die Aufregung und Freude, die jetzt alle verspürten, ließ beinahe die Luft knistern.

Hamlet erklomm die Treppe, die ins Nichts führte, und wandte sich dem Wilden Pack zu: »Jetzt haben wir ein wunderbares Schiff, das wir als Vorlage benutzen können, um ein großes Schiff zu bauen!«, rief er. Alle drehten sich um und bewunderten ein weiteres Mal ehrfürchtig das Modellschiff, das auf der Holzbank thronte. Ampel hatte schon angefangen, es sehr genau zu studieren und gedanklich in seine Einzelteile zu zerlegen. Auf dem Boden neben der Bank waren bereits einige Bauzeichnungen zu sehen, die er mithilfe seines Greifschwanzes und einem Stück Malstein angefertigt hatte. »Und wir haben den unterirdischen Fluss gefunden, in einer riesigen, phantastischen Höhle, in der genug Platz ist für unser Schiff! Bestimmt erwarten uns noch viele Schwierigkeiten. Aber wenn wir alle zusammenhalten, dann werden wir auch die bewältigen!«

Im Paradies brach Jubel aus. Alle hatten die größte Lust, diesen wundervollen unterirdischen Fluss zu besichtigen und mit dem Bauen anzufangen. Und so zogen die Tiere in das Labyrinth, vor dem sie plötzlich gar keine Angst mehr hatten. Hamlet und Barnabas folgten als Letzte.

»Das war ja aufregend, was, Hammi?«, sagte Barnabas.

»Das kannst du laut sagen.«

Plötzlich schlängelte sich Rafina auf die beiden zu. Die Riesenschlange hatte die Versammlung belauscht, ohne dass es jemand mitbekommen hatte.

»Ihr habt den Flussss gefunden?«, zischte sie. »Sehr gut! Das nasse, grüne Land ist näher gekommen. Aber auf euch warten noch eine Menge Abenteuer. Glaubt mir: Ihr seid erst ganzzzz am Anfang!«

André Marx
Boris Pfeiffer
Das wilde Pack
KOSMOS

André Marx
Boris Pfeiffer
Das wilde Pack
schmiedet einen Plan
KOSMOS

André Marx
Boris Pfeiffer
wilde Pack
und der geheime Fluss
KOSMOS

André Marx
Boris Pfeiffer
Das wilde Pack
lässt es krachen
KOSMOS

Umschlagillustration, Sebastian Meyer, Wiesbaden
Umschlaggestaltung von Michael Kimmerle, Stuttgart

ISBN 978-3-440-11254-0

Redaktion: Silke Arnold
Produktion: DOPPELPUNKT Auch & Grätzbach GbR, Stuttgart
Printed in the Czech Republic/Imprimé en République tchèque